프로이트의 팽이

이초우 유고시집

KB191672

시인의 말

눅진하고 어두운, 외진 곳에서 서성이는 그림자들

표 내지 않고 속으로 앓고 있는,

이들을 위무하는 일

어찌 내 소홀히 할 수 있으랴

2023년 9월

이초우

차 례

● 시인의 말

제1부

제2부

제3부

제4부

제1부

이면도로

참 나는 당신을 만나 편안해, 가끔 높은 산 올라 내 동공
이 튀어나올 듯 커졌을 땐
금방 훅 날아가 당신을, 지팡이 소리 꼬리 달고 걷다가,
간혹 연민의 눈으로 뒤돌아보는,

백화점 명품가게 통로, 나는 순간 외계인이 되어 힐끔힐
끔 누가 날 알아볼까 두려워 잰걸음으로 빠져나오곤 했지
한 번 무릅쓰고
루이뷔통 점포 안에, 내가 가격을 물어본 순간 점원의 눈
빛, 날 로봇 인간으로, 아니 금방 몸이 붕 떠
투명 유리 벽 속, 상어들이 헤엄쳐 지나가고
갈치들의 은빛이 휙휙. 나는 수족관 안을 걷고 있는
수습 조련사가 돼 있었지

왜 나는 누이 같은 재래시장 골목길을, 그 두려움의 가격
얼마나 쳐줄까, 지구 반대편
남국의 7년, 이 기간만큼의 이면도로, 나는 아직도 익숙하
지 않은 이방인, 내가 선택한 도시의 여자,

영혼의 일부는 이면도로, 가끔

도시와 자연이 쟁그랑 까치 소리 낯설게, 심장 한쪽 옆 성능 약한 인공 부레를 장착 명품 수족관을 걸고 있는,

나는 아직 조련사 자격증을 취득하지 못한, 왜 내 등 뒤엔 눈에 보이지 않는 누군가가 따라다닐까

퀸

　아버지는 어머니처럼 언제나 어린 날 손잡고, 난 아빠와
결혼할래, 내 고갱이 속에
　아버지가 자꾸만 자라나는 여왕의 자리에 다가가고 있었
어요

　내 머리카락 광명단처럼 붉었고, 우아한 인형의 옷 같은
내 원피스, 격조 높은 분홍 유화,
　여왕이 돼 가던 아버지, 전교 수석이란 날 유령처럼 희롱
한 아이들, 나는 그 유색 물감들을 순식간에 먹어 치웠어요
함께 했던 나의 하느님 먼눈만 팔고,

　내가 세상을 디자인할 때였어요 어쩐지 난 두 개의 손만
으론 내가 여왕이
　될 수 없다는 걸 알았어요 나는 시시각각 우아! 하고 절규
하곤 했지요 그날 밤 나는 푸른 두 손바닥 위에 부처의 얼굴
을 디자인해 넣었어요 오! 나의 또 다른 손들,
　내 양쪽 팔꿈치에서 나뭇가지처럼 돋아난, 가지런히
　물감 짜는 또 하나의 내 왼손이 있었고, 오른손에는

쥐의 콧수염이 달린 붓이 들려 있었어요

아휴! 아버지, 그럼 당신은 어느 제국의 공작이란 말인가요 졸음에서 깨어난 오후,

내 어깨 아래에 자라난 세 번째 오른손, 무스 바른 정장 차림의 왕자가 그 손아귀에서 나를 내려다보고 있었지요

불가사의

떨어져 있으면 당신은 나의 간절한 신앙
주말 되면 두루마리로 된 일주일 치의 궁금증을 물었고

언제나 멀리 있으면
목관 악기 바순의 쓸쓸한 저음, 탱탱하게
조인 시간만큼
누가 오해할 정도로 품 안에 파묻히고

당신 스스로 혐오하는 독백 내 강물 위에 물수제비를
뜰 때
아니지 그건, 이 세상 내가 진작 버렸을 거라고

얼마 전엔 동업자로 색다른 관계를, 한 가지 끄고 나면
또 다른 불 이어져
어느 통계학자에게 질문 한 번 던져 봤지
겨울나무와 깡깡 언 물, 틈새 벌려놓으면
시름시름 녹아내릴 거라고

먼 곳에 있던 당신을 만나 함께 두어 달

갈수록 꼬여 굳은 마그마가 돌샘으로 변한 아랫배

쪼르르 쪼르르 맑은 물소리

어느 높이로 쌓아 둔 돌탑 돌아서면 무너져

아무래도 우린 섬과 섬으로

촉촉이 궁금증 키 높이 이상으로 쌓아두는, 누천년 이어온

통계학이 답일 것만 같애

발의 과거

나는 참 말하기 싫은 내 발의 과거를 의사에게 털어놓았다

내 왼발은 언제나 마뜩잖은 오른발을 데리고
지상의 음표를 찍으며 뚜벅뚜벅 다닌다
그러면서 내 두 발, 때론 새의 두 발처럼 지상을 떠나고
싶어 했다

강을 거슬러 올라가 최후를 맞이한 연어의 주검을
두 발로 낚아채
외진 바위틈으로 이동하는 독수리의 사냥법도 배우고, 때
론 이성을 잃은 군왕에게 상소를 하기 위해 떠나는 기러기
떼의 한 마리가 되기도 했다

한때 요량도 없던 젊은 두 발, 타이어 더미 위로 뛰어내
리다
내장 없는 타이어의 함정에 발목을 접질린 것이
내 오른발의 과거
두어 달 버려두고 오고픈 오른발을 질질 끌며

그날의 일수를 얼마나 원망했던가

때론 새의 두 다리처럼 뒤로 죽 뻗어 꽤 먼 길 떠나, 이천
일 동안 비행으로 목성을 돌아 에우로파의
어느 얼음 골목에 도달해, 자연 유산 뒤끝으로 일부 윤기
없는 옆구리 생살이 드러난, 누더기 무릎 사이 머리 파묻고
웅크리고 앉아 있는 시엔*을 만나
고흐의 소재를 알고 싶어 했지
그날 밤 나는 어렵사리 고흐를 만나, 제 이름과 똑같은 형
의 주검이 새우처럼 웅크리고 있었던 제 어머니 자궁 속 십
개월의 성장통을 물었어

어쭙잖은 헛디딤에 삐끗한 오른발, 골목에서 두리번거
리다
고개를 왼쪽으로 돌리는 순간
승용차 타이어가 비명을 지르며 오른발 발등을 넘어가고,
나는 또 얼마나 많은 날들 그날의 일수를 탓했던가
쉽게 낫질 않는, 그래도 나는 과거를 치료해야만 했지

오늘도 내 왼발, 찌뿌둥한 미간 같은 오른발을 데리고

뚜벅뚜벅 발의 역사를

소리로 기록하며 걸어간다

* 고흐의 작품 〈슬픔〉에 나체 모델로 나오는, 창녀 출신으로 고흐와 일 년 동
거한 여인.

닭발 위의 오두막집

'전람회의 그림' 갤러리, 소용돌이치는 불협화음, 하늘을
쩍쩍 금 가게 하는
천둥소리 음향, 몸 안의 막힌 관들 죄다 뻥 뚫리고
나는 무소르그스키*의 박진감 넘치는 곡에, 단순한 랩 가
사를 머릿속 쪽지에 적어나가기 시작
얼마 후 나는 성대 수술, 무소르그스키의 곡에 맞춰 내가
지은 검은 랩 핏덩이 쉼 없이 토해 냈지

집안에 신상神像을 모시겠다고, 내 젊음 몰래 징 소리를
쓰레기 더미에 버린, 그 이후
어머닌 심한 조울증에 시달리다
언제 배운 적 없는 내 노랫말 랩 가사를
숨 헐떡이며 읊으시다 고장 난 엔진 마냥 고개 떨구셨어

'닭발 위의 오두막집' 어머닌 왜 그 집에 있었는지 오두막
집 가슴 시계 자정을 넘길 즈음,
내가 토해낸 검붉은 랩 가사 멈추게 할 심산으로, 제상祭
床에는 돼지머리, 오색 실타래, 마른 명태, 내가 즐겨 먹는

닭발 한 접시, 어머닌

  그 외에도 커다란 북과 징, 꽤 의문스러운 절굿공이와 빗자루까지 갖다 놓고,

  언제 초대했는지 오두막집 주인 바바야가** 일행이 험상궃은 얼굴로 들이닥치고, 무소르그스키의 관현악곡이

  느닷없이 울려 퍼지면서

  바바야가 자매가, 미리 준비된 흰 천 달린 댓잎 가지를 들고 쿵쿵 춤을 추고 바바야가는 절굿공이로

  북을 치다 징을 때리며, 천상에서 받은 주문呪文

  거친 쇳소리로 노래 불러,

  어머닌 빗자루로 수차례 내 몸을 훑어 쓸어내리곤, 오두막집 가슴 시계

  새벽 다섯 시, 빗자루를 타고

  동트는 구름 가운데로 훨훨 날아가고

  바바야가 자매는 절굿공이를 타고 오두막집을 한 바퀴 휙 돌며 세찬 바람

  일으키더니 독수리 비행을 하며 하늘 높이 승천했어

* 소위 '러시아의 5인조'에 속하는 유명 작곡가로, 친구인 조각가 하르트만의 유고 〈전람회의 그림〉 전시회를 보고 열 개의 곡을 작곡, 그중 아홉 번째 곡이 〈닭발 위의 오두막집〉.

** 러시아 민담에 자주 등장하는, 선악을 가리지 않고 행하는 마녀 이름.

뭉개진 사과

그의 장엄莊嚴에 은혜를 입고, 가혹한 질병에서 용케도 벗어난 내 친구 태백 산중이 어느 새벽시장 같은 깊은 밤

나는 만난 적 없는 그를 친히 모시기 위해 철야기도를 하고, 가부좌 틀고 앉아 있는 그의 동상銅像 무릎에 살포시 손을 얹어보곤 했지

친구는 최근에도 일감이 쏟아지고, 황금빛 연못에서 찰박찰박 친구 앞으로 비단 물결 주름 지으며 양 날개 부드럽게 펼쳐 헤엄쳐 다가온 그

어스름 달빛 아래 뉘엿뉘엿 타원 그리며 밤을 새워 탑돌이를 하고, 터벅터벅 요사채를 돌아 내려오는 아침, 잿빛 피부에 허연 점무늬의 그가 똬리를 틀고 길바닥에 누워,

그래도 나는 그를 보고 놀라지 않았어 하지만 그 똬리, 완행열차 객실까지 따라와 합장한 내 두 손바닥 안에 발갛게 익은 사과 한 알로 들어앉아, 무심코 꽉 힘을 준 내 두 손바닥, 갑자기 허옇게 상해버린 그 사과, 물크덩 뭉개지며 외마

디, "기대하지 말거라"

이기적 사물들

숟가락의 뇌에는 좌뇌만 있는 걸까

뽀글뽀글, 끓기를 다한 국 맛본 숟가락
내가 숟가락을 손에 쥔 채 국그릇을 꺼내러 갈 때였어
영문도 모르게 친구와의 갈등이 불쑥, 그 순간
토라져 버린 숟가락, 내 손바닥을 빠져나가
속 좁은 미꾸라지처럼 온몸 빠둥빠둥 바닥에 나뒹굴었지

내가 냉장고에서 멸치 통을 꺼낼 때였어
공사 현장에서 민원인, 내 머릿속에서 삿대질에다 땡고함
지르는 소리, 그 멸치 통
내 다섯 손가락 팽개치고 화들짝 바닥에 떨어져
제 내장 다 비워버렸지
물도 없는 주방 전체가 커다란 수조 되어 반짝반짝 멸치
떼들
휙휙 떼 지어 헤엄쳐 다녔어

내 육신, 지독히도 긴 구직 한파

믿었던 심사 내 이름 사라져, 어디 이게 한두 번이었냐
내 마음 달래러 계단 바닥 밟을 때
'난 왜 이렇게 안 돼' 하는 순간
발목 접질려 계단 바닥에 쿵 하고 넘어져 버렸지

얼굴 벌겋게 상기된 또 다른 내가
고개 푸욱 숙이고
멍하니 주방 바닥 걸레질하고 있는 모습 보였어

K 교수의 자화상

　그의 얼굴 아귀가 맞지 않아 내 눈의 초점이 위아래로 왔
다 갔다, 쉬지 않고 흐물흐물 웃다가 그만 강의 내용 일그러
진 그의 이마가 통째로 앗아가 버렸어

　오랫동안 불면에 시달려 온, 논문을 구상하다 책상에 엎
드려 잠들고, 또 나타난 동이족의 夷(이) 자, 이 글자 속 활
弓(궁) 자가 슬그머니 용으로 바뀌어 풍채 큰 그의 몸(大) 다
섯 바퀴 반이나 칭칭 감아 혀를 내밀고 할딱거리다 잠이 깬,
움푹움푹 그 꿈 줄거리 새겨져 있는 얼굴
　반백 년이 넘은 냄비 뚜껑 같은 이마, 수직으로 파인 미간
을 지나 눈가의 야릇한 주름들
　어디 마음 한 곳 심하게 덴, 고질적으로 돌고 도는 통증,
아니면 강의 시간 외에는 버리고 싶은 누굴 온종일 증오하
며 지내고 있음은 아닌지

　그러나 그의 표정 콧등의 3분지 1 밑으로, 고도의, 아주
수준 높은 코미디, 기계공학에다 웃기는 얘길 자유자재로
버무려가며 흐물흐물 강의해 주었지

간헐적으로 흥분제를 먹이며, 위로는 메서슈미트*의 조각
〈짜증 난 남자〉의 두상보다 더 거칠고, 아래쪽은 나의 이성
을 싱글벙글 마비시켜버린, 결국 그 묘한 표정 날 씁쓸한 C
학점으로 남아 떨어지게 만들었어

* Franz Xaver Messerschmidt : 18세기 오스트리아의 유명 조각가, 정신질환
자로 '두상 시리즈'의 작품을 남김.

? 같은 고양이

달려가는 내 차 앞에서 고양이가
가로라는 줄무늬의 선 하나를 그으며 골목길을 건너뛴다
왜 저렇게 위험 무릅쓰고
터질 듯한 가로줄을 저리 훑치며 끌고 가는 걸까
타이어가 물컹
몹시 언짢게 그 선 뭉개며 지나가 버렸다
가던 길 돌아설 수 없어
설마 하며, 빌려 달라 간청했던 그 돈
친구는 완강히 가로라는 선을 쉽게 그어 버렸다

살갗에 하얀 돌기 하나 보이질 않는 바다
출항 앞둔 배 마스트 꼭대기 영문도 모르게 기어올라
물음표 꼬리 점 같은 눈물 주르르 흘리며
징징 울어댄 어미 고양이
갈 길 가로막고 웅크리고 있는 울음소리 잠재우려
그 배 그만 출항을 연기해 버렸다

함께 일할 심산으로 그를 만나러 간 골목길

탈래탈래 걸어가는 날 훼방이라도 놓듯

가로라는 홀쭉한 선 하나 끌고

어미 고양이 냅다 내 앞을 질러 뛰어 건넌다

난 그만 그 선 넘기 싫어 가던 길 되돌아 나와

쓸쓸한 내 뒷모습 따돌리고

이웃 골목길 따라 마음 추슬러 그를 만나러 간다

비신

눈이 부스스 시렸다 상주들과 격려 인사를 하는데, 상주들 뒤에서 형체가 어른어른, 왜소한 체격의 남신男神 두어 명, 얼핏 한 얼굴 검은 털이 무성하고 귀가 쫑긋, 주둥이가 길쭉한 역삼각형 개의 머리를 가진

조문객들 사이사이 희뿜한 그림자 같은 신들, 여기저기서 소리 내지 않고 웅성웅성, 갸름한 미혼모 같은 여신女神, 건장한 남자 옆에 끼어 앉아 생글생글 애교를, 식판 들고 다니는 도우미 뒤를 목이 안 보이는 허름한 여인네가 졸졸 따라다니는 헛것도 보였어
　너는 볼 수 없지만 내 눈엔 그 돌 황금 덩어리였어

내가 밖을 나오려 신발을 신을 때, 어느 상가喪家에서 잃어버린 갈색 내 가죽 구두를 신은, 주장자를 든 승복 입은 신神 차 문이 닫히기 직전 순식간에
　그림자 하나 따라 들어와, 이미 지쳐 밤길 노곤한 산복도로, 내가 깜박 초승달을 이고 가는 어머니
　뒷모습을 보고 있을 때, 느닷없이 주장자로 내 가슴과 종

아리를 연거푸 내리찍어, 신들이 좋아하는 비릿한 핏물 자국

   응급실에 누워, 승복 입은 그 신, 내 종아리 상처를 헤집고 기어드는 지네 같은 한 마리 절지동물,

   내 혈담으로 옷을 지어 입고 몸 곳곳을 스멀스멀, 등짝에 궂은 통증을 유발, 내 그림자가 자꾸 따라다니는 허깨비에게 시비를 거는 동안, 어쩐 일로 승복 입은 내가 목탁 치는 소리에 놀라 눈을 껌벅 떴어

알 수 없는 벽

몸피 굵은 송곳으로 가슴을 뚫어 머플러가 휘날리게 하는
방법
하도 숨 차 견딜 수 없어 영하의 기온에
브래지어만 차고 잠들었지

— 아버지 더 이상 내 이파리 갉아먹지 마셔요
이렇게 내 초록 말라붙게 한 건, 휴우!
그 마구니들 죄다 아버지의 분신들

하나라는 아쉬움, 그게 연두색 질감 좋은 집착이란
옷을 갈아입고
애벌레가 돼 야금야금 네 푸른 잎을 갉아 먹었다니

문을 지키는 법 아무도 가르쳐 주지 않아, 때론 자책골로
작은 행성 돌덩이에 움푹움푹 파인 내 위 내벽

주렁주렁 링거에 매달려 애원한 지 10일째
그렇게 싫어한 눈물

결로가 아닌 벽을 타고 주루룩

낯선 수녀님 내 무릎 위 손 얹고, 잠시 후 달력 위
십자가 예수 모형 저절로 떨어져 토막 나 버리고

은행잎 다 떨어지고 없어지면 다시 네 자리에
가 앉게 되는 걸

수녀님 기도 만류하진 않았으나,
내가 가진 신앙의 대상에 명호를 불러 암송을 하고

노란 잎새들 이젠 다 떨어졌나보다
네가 비록 원치 않아도 난 널 위해 간간이 기도를.

알약

나는 놀랐다 내가 서 있던 하구엔 진득진득 뙤약볕 오후,
내 안의 강 상류 국지적 기습 폭우가 쏟아져, 농한 홍수로
견디지 못한 강둑 곪아 터져 무너져 내리고,

내가 끼니마다 털어 넣는 타원의 알약, 쾅 푸드덕 굉음 소
리를 내며 강둑 재생시키는 포클레인, 몸집 우람한 또 다른
알약,
무거운 제방 쌓는 일꾼 되어, 앙증맞게 둥근 것 농해버린
강물 정화시켜 주기도 했지
두어 달 동안 그 알약들 강둑을 재생 물의 범람을 막았고
검붉은 강물 2급수로 정화시켜 떠나간 버들치 돌아와 한가
롭게 헤엄치게 했어

하지만 그 알약들 희한했어 나의 또 다른 강, 볼 수조차
없는 내 직관의 강, 그 알약들 이 강물을 말라붙게 하여 바
닥이 갈라터지고,

아무리 애를 써도 살아나지 않는 내 직관의 강 이 강을 되

살리기 위해 나는 포기했어

　1급수로 만든 강물의 정화제 알약들을 끊고, 어느 날 바닥 촉촉해지며 가까스로 내 직관의 강 비린내 풍기는 우윳빛 진액의 물이 막 뚫리기 시작했어

빨강 음색

아이야 네가 그동안 그렇게 삶은 번데기처럼 허물어졌단 말인가 그 작은 골방에서
네 엄마와 둘이서 살색 새우등 보이며 어둑하게 누워 있었어
그러면서 너는 얼굴조차 보여주지 않고 으응 으응, 하고 서럽게,
나는 반신반의하며 어느 약속을 지키고 싶었는데 왠지 그 사람 날 오락가락, 널 떠올리게 해
나도 그만 물음표처럼 꼬부라져 잠들었어

그래 아이야 네 몸이 정말 그렇단 말인가 아니야 너는 너 대로 고달프겠지만, 네가 그처럼 간절하게
날 놀라게 한 건 처음

우유부단한 날 위해, 내 가는 길에 우울한 융단을 미리 깔아주다니, 그래 고맙다 아이야 너는 지금
지구 저쪽에서, 낚싯바늘 등처럼 굽어 흐느끼는, 쇳소리도 아닌, 내 물음표 유들유들 바르게 펴 준 빨강 음색이 분명해

제2부

농한 샘물

아장아장 걷기 시작한 세 살 때였지요
어딜 가기만 하면 어린 날 데리고 다닌 아버지
여아인 날 씻어 주려 대중 남탕을 데리고 갔고, 꼼꼼하신
아버진 날 참 간지럽게 씻겨 주셨지요

내 샘물 잔뿌리 이때부터 깊게 내리게 됐나 봐요
샘물이 바알갛게 꽃망울이 생긴 건
초등 오 학년 때부터였어요
샘물의 앉은 자리는 왼쪽 팔등, 항생제 연고를 발라도
그때뿐이었어요
한 달에 한 번쯤은 눈이 벌건 샘물
붉은 꽃망울 터트려 짜내고 나면 그렇게 시원했어요
또 시름시름 차오른 물 농해가고,
그 샘물 내가 아이를 낳고도 마르지 않았어요
여름이 되면 숨기기 힘들었던 그 샘, 하지만 난
그렇게 대수롭지 않았어요

병석의 아버지, 어느 날 그만 세상 뜨시고

사남매 외동딸의 또 다른 샘물

몹시 서러워 감당하기 힘들었어요

그러나 이상했어요!

내 농한 그 샘물, 그만 흔적도 없이 말라붙고 말았지요

프로이트의 팽이

그가 그린 한 그루의 사과나무, 헤실헤실 볼그레한
얼굴들 열려 있고
그 아이들 중, 때론 바람결에 얼굴 부비다 앳된 얼굴
멍이 들기도 했던, 그와는 속살 육질
그렇게도 닮은 한 알
불혹을 넘기고 잠시, 그만 낙과落果해버린 것

그날 이후 그는 하던 일 멈추고 쓰레기 더미에나 있을
낙과한 사과를 찾아,
버려진 가구, 때 묻은 명함, 누군가의 오른손 마음을
사과나무 잎처럼 나부끼게 했을 선물용 봉투
집안 가득 쌓이고 쌓인 자식 친구들, 이미 고물상이
돼 버린 그의 집
팔순 아버지 뒤따라 나서며 욕지거리 주문을 외곤 하지만
그에겐 익숙한 한 줄기 바람

오늘도 그는 이미 유효기간이 죽은 컵라면을, 떨어진 사과
그림자를 앉혀놓고 후룩 후루룩, 면식 한 번

없는 수많은 명함들

싱글벙글 끈끈한 인연 고무줄로 홀쳐맨다

마흔다섯 소년, 어슬렁어슬렁 달빛 쏟아지는 밤

잘잘잘, 뒤따라 뒹굴어오는 낙엽을

고개 돌려 물끄러미 바라본 그

어릴 적 어머니 아버지 버린 아이처럼 혼자 두고

시장 일로 집을 비울 때

그도 프로이트의 어린 손자*처럼

방바닥에 줄팽이를 던지며 혼자 놀았을 테지

* 프로이트가 손자의 줄팽이 놀이를 관찰 정신분석을 연구했다 함.

또 하나의, 너의 신

아직도 작년의 신, 너에게 버림받진 않았어

보드라운 한지에 환형동물이 온몸 힘주어, 그리고 유연하
게 기어다니며, 두상을
만들고 양어깨를 만들어, 구불구불 큰창자 작은창자, 맹
장을 지나 꼬리뼈처럼 힘차게 휘어지는,
너의 신, 그의 손에서 그렇게 창제되었지

신의 몸은 지렁이처럼 생긴 아름다운 문자였고, 사전에도
없는 문양이 가부좌 틀고 앉아 너를 위해 눈 지그시 감고,
주문을 외곤 했지

신은 신으로서 누구에게도 보이질 않으려고, 네 수첩 속
에 잠자코 숨어 계셨지

아! 해가 바뀌었으니 새로 분양받아야 했을 너의 신, 아직
도 작년의 신
너의 지갑 속에 납작이 숨어 있지 않았나, 모처럼

차량 접촉 사고가 일어나고, 그래

작년의 신은 이미 거동이 불편해

걸음도 제대로 걷지 못하는, 신의 유효기간이 끝나, 거룩
한 노인 내만 풍기고 계셨잖아

후끈한 열대 더위, 티셔츠의 윗몸 호주머니를 스르르 빠
져나간 너의 신, 갑판 위

흥건한 물에 널브러져 몸을 식히던 그

붉은 지렁이 그만 형체도 없이 마구 퍼져버리고, 며칠 뒤
심장이 멈춰버린 조업선, 긴급으로 인공 호흡까지,

그때 너에게 싸늘하게 등 돌린 너의 신, 넌 지금도 그렇게
자주, 거룩한 그 지렁이 신을 원망하곤 하지

구멍

나의 구멍은 언제나 시린 맛이 있어

정장을 하고 화장실 거울 앞에 섰는데, 갑자기 거울의 미간 찌뿌둥했어 헐거웠던 실매듭 그만 명치 단추를 놓쳐버리고, 실눈 같은 단춧구멍 어쩌나 날 시리게 노려보는지 보는 이의 석연찮은 시선, 나는 더 이상 머물지 않고 얼른 행사장을 떠 버렸지

포동포동 5월의 비목 나무, 열네 살 내 여린 이파리에 쓰린 구멍이 뚫렸어 하긴 그때 울 아버지 세상 뜨시고, 그해 5월의 내 구멍, 때아닌 냉해로 얼마나 시렸는지
검고 흰 얼룩 등에 업고, 초록으로 잔뜩 배를 채운 광대노린재가 내 구멍 난 몸에서 툭 떨어졌어

부르주아 아들 내 친구에게 들켜버린 양말 구멍, 흠집 난 한겨울 문구멍처럼 어린 내 마음 참 시리게 했지 자주 날 허물어지게 한, 동그란 눈동자 같은 구멍으로 애처롭게 밖을 내다본 엄지발가락 살점 지금 난,

양말 구멍 같은, 구멍이란 구멍을 보기만 하면 나도 모르게 온몸이 시려 견딜 수가 없어

황홀한 도넛

나는 하품을 하다 고개를 책상 위 손등에 묻었어
뻘떡, 주방 서랍에 있는 담배 두 개비를 가져왔지
다시마 젤리, 그리고 땅콩사탕
내 생의 3모작, 하지만 새끼들 거느린 어미 사자를
만날지 모르는, 또 다른 담배,
꽤 오래 니코틴 맛을 보는, 롯데 자일리톨 껌 통을 열어
담배 두 개비를 한꺼번에 털어 넣었어
자근자근 열을 내려 보는, 어쩌면 어떤 결단을 내리기 위한
쫀득쫀득 내 발걸음 같은,

내가 이십 대에 피웠던 뻐끔담배
밖으로만 퓨, 퓨, 허공으로 줄지어 날려 보낸 도넛들
그 일이 성사될지 안 될지는 반반,
다시 묘수를 짜낼 땐, '고소미' 비스킷 한 봉지를
바싹바싹 피우다 분질러 버리고,
또 한 개비를 물고, 또 물고,
줄담배를 피워댄다
하루에 세 갑 정도를 태우며 애써 날 달래보지만, 오히려

여름날 탄산음료 마실 때 마냥
돌아서면 갈증만 난다

그뿐인가
이럴까 저럴까, 생각이 두 줄 팽팽히 잡아당길 땐
내 마음의 손 슬그머니 담뱃갑을 꺼내
한 개비를 물고
턱 되바라지게 하고 퓨 퓨,
황홀한 도넛 굴리기, 아마도 끝내기는 어려울 것만 같다

그 여름밤의 축제

진득진득 열대야로 치장한, 밤만 되면 허물허물
이 집 저 집, 껍데기만 남기고
잠의 소장품을 도굴해 가버리는 원귀들
노인들은 하나둘 세상을 뜨고

깊은 산 고찰 찾아 떠나려던 전날 밤
곡괭이 삽으로 무장한 마군魔軍들, 내 잠의 봉분 속으로
들어와, 내 눈 속이려
가물가물 옆모습만 보여준,

검은 상복의 고개 숙인 여자 잰걸음으로 어딜 가는지
잠시 후 들판에는
늙은 허수아비들 빙글빙글 날아가고
나무란 나무는 무녀들의 손에 머리채를 잡혀
출렁출렁 헝클어져 춤을 춘다
온 누리에 벌어진 큰 굿판
징징 징 소리 울리며 춤을 춘다
산어귀를 오르던 나는 대나무 숲으로 몸 숨기고

더위 쫓는 무당 되어

대나무를 붙잡고 마구잡이 춤을 춘다

한바탕 굿판을 벌인 세찬 비바람, 식은땀 흠뻑

흘러내린 내 잠의 봉분

갑자기 멈춘 굿판에 놀라 줄행랑을 쳐버린 원귀들

아수라장이 된 봉분 안

그만 산사 여행을 포기, 마군 쫓는 알약 배로 넘기고

한풀 꺾인 더위 모양 고개 숙인 채

온종일 소장품들 제자리에, 그래도 두근두근

조신 중에 있다

어머니와 아버지

지금 내가 손에 쥐고 있는 인형 분명 어머니의 딸이에요
보풀보풀 물결 주름 레이스형 모자, 단아한 핑크빛 원피스,
내 손에 쥐여 준 헝겊 인형, 늘 혼자였어요. 유독 어머닌 나
에게 너처럼 늘 무표정했었어

그러나 나는 아니었어 어머니가 싫어한 검은 고양이를 좋
아했고,
거칠게 헝클어진 금빛 머리카락에다 장미꽃 한 송이 꽂
아, 터질듯한 내 분노를
붉은 물감처럼 짜버린 그날, 눈물 세례를 받은 내 치마폭
의 우울한 어머니

아무래도 그 헝겊 인형 늘 혼자였지요
아버지, 아버지, 나는 때때로 내 허벅지 꼬집으며 날 원망
도 했어요. 분명 당신은 사자獅子, 나에겐 그렇게도 순한, 결
국 한 번
망가져 보지도 못한 내가 미워, 지금도 울컥울컥 역주행,
자정의 고개를 힘겹게 넘어 비를 맞으며 귀가했어요

중년이 된 난, 귀여운 원숭이 인형을 지금도 안고 다니는.

여름

천 길 단애의 양 허벅지 사이에서
휘휘 거대한 물의 휘장 쏟아져 내린다
커튼 같은 물의 살갗에 점점이 박혀 있는 씨앗들
더 가까이 다가가 넋 잃고 올려다본,
말갛게 허물 벗은 다이애나*가 수도 없이 떨어져 내린다
죄다 몸 오그린 알몸들 돌돌
여기저기 제 눈길로 못을 치고 있던 그
물보라를 뒤집어쓴 채 황홀하게 몸을 식히고

어딘가에서 물의 몸 만지는 소리 해맑게 들려오고
호기심에 벅찬 그의 두 눈, 살금살금
들어가 봤더니 한 겹 안쪽
물소리처럼 맑은 불빛 노랗게 가득 고여 있는
화사한 방 하나 왈칵 그를 반긴다
투명 유리문이 여자의 허리선처럼 깨져 나가
물의 음악 더욱 경쾌하게 새어 나온다

오! 다이애나!

의자에 앉아 비누질하는 다이애나의

미끈한 옆모습, 물의 현이 물방울 깨지는 소리를 내며

새어 나온다

간절히 이동하고 싶어 한 그의 시선

밤 고양이 눈초리 같은 불빛 빤히 내다보는

또 다른 구멍들

두근두근 숨죽이며 노오란 틈새 더듬어 간 그 사내

* 로마 신화의 달의 여신이자 처녀 신으로, 영어 이름.

J의 자화상

　그는 눈을 자주 깜박거리지도, 그의 눈 초승달 같은 동굴
이다 초승달, 그 동굴의 뚜껑이자 마개

　그 동굴 수평이 아니고 수직 형태 뚜껑은 가끔씩 짜부라
져 빗물이 새어들어 계곡수를 만든다 그 동굴
　수직으로 흘러 소沼를 이루고, 여느 소와는 다르게
　아래로, 식도, 위장으로 이어져, 그 소의 꼬리 소장을 거
쳐 직장直腸으로 이어져 있지

　그 소에 사는 이무기, 폭우가 쏟아지면 괴로워, 배설이 문
제다 자주 일어나는 변비, 언제나 가스가 차고 속은 더부룩
하고,
　용의 꿈을 꿀 땐 물속에서 엎치락뒤치락
　자신도 모르게 휘휘 돈다 은빛 비늘이
　그의 눈빛처럼 희번덕거리지만
　정작 물의 표면, 아무런 표정이 없다
　동굴 입구 주변, 언제나 묵직하다 간간이 개어 있지만 화
창하지는 않았고, 활짝 갠 날에는 껄쭉껄쭉 너털웃음을 토

해낸다

　어눌한 햇살 덕에 언제나 서려 있는 온기, 그와 헤어지고
나면 그 온기 내 겨드랑이 체온처럼 날 따라다녔어

엉겅퀴

내가 자주 산책하는 콘크리트 산기슭 길

어디서 해진 남루하기 이를 데 없는, 산발 머리카락에다
양팔 허우적대며
"우리 엄마 본 적 없어요, 우리 엄마 좀 찾아줘요"
산 아래를 쩌렁, 소리쳐 울며 지나간다

우리 아버진 그림쟁이, 주로 민화를 그렸어요
그 민화 그림엔 떡이 그려져 있어서, 난 그 떡을
찢어먹고 석 달을 살았어요
"우리 엄마 좀 찾아줘요, 우리 어머닐"

작년엔 오른쪽 콘크리트 틈새에서
놀랍게도 꽤 맵시 고운 중년 부인 꽃나무로
날 화들짝 반겨준, 그러나 올해엔
3미터 반대쪽 틈새에서, 헐벗고 굶주려
병마에 시달려 온 여인

나는 그 틈새 엉겅퀴꽃, 손바닥 화닥화닥 비벼
오가며, 세 번씩이나 쓰다듬어 주었어

엉겅퀴 여인아, 더는 네 어머닐 찾지 마라
다음 생엔 내 눈에도 보이지 않는 옥토로 날아가
벌과 나비들에게
원도 없이 사랑받는 꽃나무로 환생할 것이니까

반 고흐의 산월産月

나는 어머니의 달집 안에 두 번째로 웅크리고 있어요
이젠 발길질도 하지 않고
나도 모르는 때 가만가만 기다리고 있지요

어머니가 매일 집을 나설 땐
발자국 소리에 콩닥콩닥 두려움이 부풀어 올라요
아기 형이 누워 있는 공동묘지에 가
찢어진 쉰 목소리로 기도를 하면
어머니의 아랫배가 뒤틀려, 저도 그만 조이는 느낌 언짢아
돌아눕고 말지요

아버지와 어머니, 속삭이는 밤
가쁜 숨소리 들릴 땐 여린 내 귓바퀴 쫑긋 세워
나도 모르게 눈망울 충혈되곤 했어요

어머니 몸속에서 눈 흘기고 앉아, 그렇게 슬프게 하는 마
녀들
내가 죄다 쫓아낼게요

영락없이 어머닐 빼닮은, 고개 숙인 붉은 머리 어머니
또 다른 검은 머리 어머니도
이제 막 허둥지둥 도망쳐 나갔답니다

전 지금 아무 생각 없이
머리 거꾸로 가지런히 내려놓고, 어머니의 붉은 만월
열리기만 기다리고 있답니다

빨강 바이러스

그의 오른쪽 머리 전두엽엔 빨강이 불룩하게 묻혀 있어

어느 날 아내가 사 준 붉은 세로무늬 남방셔츠
생각지도 않은 빨강이 확, 입어라 왜 안 입느냐, 그만 잠
자던 그의 편두통이 욱신욱신

열일곱 사내아이가 다닌 그 학원, 2층에서 내려다본 한 여
자아이의 붉은 티셔츠, 아직도
앳된 그 붉은 왜식집 종업원, 사내아이 행간에 그 빨강 티
셔츠 들랑날랑, 허리 휘어잡힌
사내아이, 진도가 나가질 않아 혼자 신경질을 부리다 잠
들고, 두어 시간 뒤 깨어나 다문다문 읽어나간 문장
하지만 붉은 사인펜 밑줄 같은 그 여자아이
자꾸만 드러누워, 결국 문단과 문단 사이 골목으로
뛰쳐나가 혼자 땡고함을 지르며
성난 망아지처럼 발작을 하고, 중년이 된 지금도 그 빨강
편두통, 시나브로 문질러대곤 하지

밤의 딱지

수면제가 함께 오지 않아 구멍이 나 버린, 우연찮게 한 해의 마지막 밤을 산사에서, 아직 아물지 않은 내 딱지, 줄거리가 뚝뚝 잘려 나간 잠, 밤새 딱지만 건드려 성내게 한 낯선 제야除夜

나는 영하의 추위에 떨고 있는 한 그루의 나목, 크리스마스 전후 무렵, 어쩐지 나에겐 늘, 가능하지 않은 아픔으로, 때론 몸과 영靈으로, 그것도 며칠이 아닌 수개월씩, 차가운 밤 달빛 앉은 내 눈동자 물기 젖은 나목

군자란 꽃망울 맺히면 풀릴 것만 같은, 두 개의 줄기에서 피어난 부부 꽃, 얼마나 날 거룩하게 하는지
내가 암송한 진언, 저 꽃잎 하나둘 떨어지면 내 밤의 딱지도 소리 소문 없이 떨어지고 없을 거라고.

그나마

사흘이 멀다 않고 통화한 그, 마구잡이 흔들리는 호숫가
의 나무들, 매일같이 기도하는 날 격려하겠다던, 그래도 내
안은 여전히 통로가 보이지 않았어

하단 자막에 뭔가 지나가고, 다시 봐야 하는 문구, 더 이
상 나타나지 않았어

앙칼진 고양이를 하수구에서 맞닥뜨린 쥐의 복근, 갈비뼈
밑에

숨어 있던 울화가 전기적 충격을 받아, 일자로 날 세운 미
간, 슬그머니 눈을 돌린 고양이, 어제오늘 수십여 마리 뛰쳐
나간 청개구리 웅덩이, 겨우 구정물은 가라앉고,

유튜브로 광고가 나온 뒤, 얇은 잠자리에서 그를 잠깐 조
우, 아주 우람한 갑옷을 입고

장검을 찬 장수, 칼날에서 희번덕거리는 북두칠성 문양,
그는 언제 그렇게 내 안에 숨어들어, 아무래도 막힌 장기 앞
을 차고, 휑하니 뚫고 나갈 것만 같애

제3부

우물

지상에는 영령탑이 우뚝 서 있는, 마당 한 귀퉁이
지하 1층 작은 석굴 우물에는
아득히 깊은 바닥에서
혼들이 물 퍼 올리는 소리 쩌렁쩌렁 울려왔습니다

물을 자아올리는 신들, 말을 주고받진 않고
소리로써 의사 전달을 합니다
저 깊은 갱도에서 바윗돌 실은 수레
체인으로 끌어올리듯, 그 괴력의 신들
헤라클레스 같은, 팔뚝은 자그마치 몸피 큰 장사 체구보다
더 우람한,
팔뚝과 어깨의 크기 소리로써 가늠되는,
우 하하~, 울려 퍼지는 동굴 속 우렁찬 괴성
아들 같은 젊은 신
아득히 깊은 저 아래에서 핏물 범벅 잡아당기고
수백, 아니 수천 미터 지하 샘
철제로 된 대형 두레박 물을, 거대한 톱니바퀴 양수기를
어깨 힘으로, 휴우~후, 수직 동굴을

집어삼킬 듯 연이어 뿜어내는 한숨 소리

간담이 오싹했습니다

비록 석굴 우물이지만 여느 샘터 다를 바 없는, 하지만 나는

신들이 퍼 올린 성수로

몸을 씻고, 아무도 듣지 못한 신들의 노역

그 혼들 혹 오그라든 내 꼬리 덥석 잡아챌까 봐

허둥지둥 옷을 뒤집어 입고 뛰쳐나왔습니다

튤립 향

손도 보이지 않았고, 하지만 누군가 나에게
그렇게 화려하지도 않은 튤립 화분 하나 건네준 새벽
난 일행들에게 내색하지 않았지

그날 오후 탐나는 튤립 향 건물을 보러, 그 향 꽤 떨어져
있었지만
옆을 지나가는 중년 여인의 향수 내음

그러나 귀가, 거실을 왔다 갔다, 지하며 4, 5층 발걸음 소
리 끊어진 지 오래, 층과 층 사이 가로로 누워 간병인을 기
다리는 창틀

두 번째 일행과의 만남, 초음파를 쏘지 않아도 되는, 박쥐
들이 먹이를 구하러 자리를 뜬 지하 동굴
피어 있는 튤립 향내 심하게 변질, 구시렁구시렁 일행들
점심 자리마저 잊어먹기까지

내 몸에서 뛰쳐나간 고양이, 누가 다듬어주지 않은

야생의 발톱, 옆구리며 엉덩이에

북두칠성 문양을 이어놓은,

순식간에 할퀴고 간, 언제 제 우리 안으로 숨어들었는지

그래도 남아 있던 매캐한 튤립 향, 서산마루에 해 잠기듯
점점 사그라들고 말았어

그녀의 자아들

물 물, 그녀는 물 중독자처럼 숨을 헐떡이며 들이킨다
언젠가부터 남편이 타지로 일을 떠나고
달랑달랑 애처롭게 처녀비행 꿈꾸는
끝물의 낙엽 바라보며
스스로 불러들인 불안에 그녀는 떨고

달과 먹구름이 실랑이를 벌이다 멈춘 초저녁
시어머니와 떡볶이집에서, 친어머니셔요, 아니요
그렇게 살갑도록, 하지만 집으로 돌아와서는
갑자기 그녀 안으로 토네이도가 휘휘 몰아쳐 돌아,
그 불길 같은 소용돌이 잠재우려
벌컥벌컥 물을 들이키며
처량하게 목 놓아 울기 시작

지금 울고 있는 그녀는 누구일까
그러다 갑자기,
야 이 ×××아, 시어머니 오지랖을 잡아 질질 끌며,
악어 이빨 같은

토네이도 언제 비껴갔는지

일곱 살 딸아이처럼 그만 방바닥에 주저앉아

잘 자 잘 자거라, 자신의 아이 목소리와 인형놀이를 하는

그녀

때론 차를 몰고 기억의 현장으로 가, 물 물, 저수지!

그녀는 자지러지게 오열하다

비틀비틀, 손아귀에 잡힌 달빛 자락 마구잡이 찢어버리고

갑자기 그녀, 일곱 살 여아 목소리로

엄마, 왜 아빠를 때렸냐고 응~~?

넋을 잃은 발걸음

성큼성큼 잠겨 있는 달 항아리 잡으러

저수지 속으로 걸어 들어간 그녀의 엄마

그날 이후
— 대구 지하철 참사

그는 허공을 향해, 아하하하, 나는 아니야 아니라고~~
허우적허우적 손사래를 치다가
한 그루 검은 나무둥치처럼 광장에 서서
은행에서 금방 찾은 연초록, 그녀의 애끓는 아우성을
초여름 태풍에 제 몸 흩날려
요절하는 낙엽처럼 마구 흩뿌려댔어

밤이면 외출도 할 수가 없었어
그 검은 통로에서 '살려줘요!'
찢어지는 그 여자의 비명 소리 언제나 뒤를 따라다녀
도망치다 우뚝 서 뒤돌아보는
노루처럼,

그날 이후
똬리 튼 파충류 같은 숫자 9를 그렇게 싫어했고, 아침 7
시에
가던 일 왜 하필 그날은 9를 택했는지
희끗희끗 밤을 잘게 토막 내다 욕실을 들어설 때, 숯덩이

같은

　그 얼굴 느닷없이 나타나

　두 손으로 밀치다 넘어져 버린 그

　비 오는 날 오후, 밖을 나서려 우울한 우산을 끄집어낼 때

　아내의 초록 바탕 흰 점박이 양산이

　그의 검은 우산 소맷자락을 냅다 휘어잡고 따라나서자

　갑자기 찢어지는 그녀의 비명 소리

　어지럽게 허리춤을 휘감아

　그만 거실 소파에 쓰러져 드러눕고 말았어

오류 난 정삼각형

오늘은 집을 사는 계약 날이지

아무것도 보이질 않아야 했는데, 오류일 거야 깨어난 아침 줄곧 고개를 갸웃거리고 있었지

서로 다른 세 사람이 각자 퍼포먼스를 하고 있었어 오늘 무대는 모두 남자들뿐, 서로 아는 사이도 아니었어

유독 눈에 띈 사내는 밝게 웃고 있었어 하하하, 삼각형 아랫변 왼쪽 꼭짓점 사내였지

근데 좀 씁쓸해 목이며 얼굴 반쪽이 불그스름한 빵처럼 부풀어 오른 기형의 얼굴이었어

위쪽 중앙 꼭짓점 사내, 시큰둥하게 고개를 푹 숙이고 있었어 왜 그러오 당신은, 그래도 밝은 사내가

싱글벙글하고 있으니 괜찮아, 아랫변 오른쪽 꼭짓점, 그 사내는 잔뜩 붉힌, 건드리기만 하면 돌멩이로 둔갑 내 눈탱이로 날아올 것만 같은,

걱정 마 그래도 아랫변 왼쪽 꼭짓점 사내 계속 웃고 있지 않는가 아무튼 곡절 끝에 그 불그스름한 웃음 내 계약을 어렵지 않게 성사시켜 주었어

근데 웬일이야 다음 날 아침, 그 매도자 할아버지, 뾰족한 위쪽 꼭짓점 고개 푹 숙인 사내처럼 다급한

목소리로, 계약금을 배로, 법대로 물려준다며 되돌려 달라고 애원, 결국은 보니 나는

잔뜩 화난 아랫변 오른쪽 꼭짓점 돌멩이 얼굴 그 사내였지 뭐야

초록

금방 끝낸 골조 공사, 넌 알을 깨고 나온
새끼 새 한 마리
이 털 없는 맨몸에 속옷과 겉옷, 저 형언할 수 없이
고운 새들의 겉옷처럼
한 번 입으면 수십 년, 그냥 한 벌의
옷만 입고 서 있는 사철나무처럼
어쩌면 넌 유별난 종의 한 그루 나무, 거개의 나무
초록과 홍엽,
초봄에 나서지도 못할 연두색 외출복까지, 서너 가지
겉옷을 해마다 바꾸어 뽐내기도 하는데,
하지만 넌 스스로 옷을 바꿔 입는 능력조차 없는 몸

신발 벗겨진 채 허둥지둥, 어린 연두색들 날 찾아 실성해져
있다는 걸 알아차렸어
몸이 위중하다는 전갈, 고향 찾아 떠난 그이처럼
나도 급히 차를 몰고 근교의 산으로 달려가
숲속에 차를 세워두고
넋 나간 사람처럼 오솔길을 왔다 갔다, 서너 살배기 연초록

새순들 황홀하게 쓰다듬으며
뭐라고 흥얼흥얼 말을 걸어 사랑의 표시를

수년간 바둥대다 만날 수 없었던, 하지만
왜 그런 갈증 발작처럼, 자르지 못한 의문의 연둣빛 꼬리
매달고 느릿느릿 산을 내려왔어

시냅스의 잦은 오류

아이는 성장하면서 춤을 익혔어

초등학교 입학, 색다른 세상
하지만 아이에겐 아무런 실감도, 선생이 칠판에 뭘 써 놓고
설명을 하고 있는데, 칠판 위에는 아빠 엄마가
실랑이를 하는 장면이 격렬하게 어른거려

갑자기 아이는 제 사물함에 가
엄마를 찾다가
누가 불러낸 듯 슬그머니 교실을 빠져나가 버렸지

아이는 어른이 되어 세계적인 안무가로 발돋움, 하지만
비만 그치면
우산은 제 것이 아니었고, 심지어 버스를 타고
카드를 못 찾아 핸드백이 제 속을
바닥에 다 토해 내게 해도, 어머닌 그 안에 없었던 것

남자 친구가 찻집에서 귀한 손님을 소개해 주었는데

눈만 껌벅하고는

갑자기 어릴 적 생각 떠올라, 저장된 핸드폰 속 어머니만

찾고, 그 남자 친구 얼굴이 화끈거려 혼쭐이 났지

어느 날 홍콩 공연에 초대돼 무대에 섰는데, 시냅스의 오

류가

갑자기 발생

두리번두리번 서 있다, 그냥 무대를 빠져나오고 말았지

지금도 그런 경험, 대수롭지 않게 여겨

그녀의 남자 친구,

가뭄에 시든 배춧잎 얼굴 모양 병색이 짙어 보였어

E.S?

안개 자욱이 몰려온 거리, 사람들이 막 내 곁을 지나가며,
저 친구 E.S하고 살고 있는 남자지, 근데 그 여자 우리가 애
써 모은 공금을 다 잘라 먹었지 뭐야

E.S, 아니, 난 그 여자 이름도 모르는 사람 현재 같이 살고
있지도 않아, 사람들은 흥, 하며

면도날 눈길로 힐끔힐끔 할퀴며 지나갔어

정말로 난 그녀와 살고 있지도 않고 모른다니까!

아니 근데 나는 혼자, E.S, E.S, 하고 계속 되뇌어봤는데,
어렴풋이 나룻배를 타기 전 강 건너 어디에서 만난 적이 있
는 이름이라는 걸

아니지 엄청 추운 겨울 온돌방 아랫목 같은 사이였어, 몰
래 훔쳐본 일기장, 숨 막히는 첫정, 어느 날 회색 손 편지 한
통을 보낸 그녀, 30년이 지난, '만남의 재' 행사 날, 나는 그
재를 연거푸 오르내리곤 했어

그럼 이미 강을 건너와 몸이 공금처럼 축이 났다는 얘기
잖아, 언젠가 혼인에 실패하면 당신에게 돌아가리라던, 아

직도 난 그 말뜻 자욱한 안개 같아, '만남의 재'엘 가 가끔씩 서성거리곤 했어

내가 날 어디에 뒀는지 몰라

배가 홀쭉한 어미 길고양이, 여우처럼 둘러대지 못한 걸
후회하며 후미진 곳으로
내 밤을 물고 왜소한 허벅지 근육 어기적거리며
이동 중에 있다

그날 저녁 나는, 내 잠이 밤을 게걸스럽게 먹어 치울 수
있으리라 믿었다
하지만 두 개의 알약이 낯선 저녁을 잊어먹을 거라는
기대는 어긋나 버렸고,
부러 막을 내린 눈동자 위에
푹신한 이불까지 덮어 줘도
그 고양이는 욱신욱신 힘겹게 이동 중이었다
내가 먼저 내놓아야 했는데, 늦었다

먼동 튼 아이슬란드의 백야
내 의지대로 어둠을 불러들일 수 없었고, 어찌하랴
같은 생각을 그가 먼저
최저 기온이 경신되는 저녁, 적신 수건 가는 줄 뻣뻣하게

물고 있도록, 왜 밤은

그 성당 미로 바닥을 자꾸만 돌고 있을까

쏴, 쏴, 쉬지 않고 내 잠의 옆구리 들썩이는 파도 소리

어제저녁 내가 날 어디에 두었는지 몰라

이리저리 찾아 돌고 도는 아침

쉽게 떠나지 않아

그의 나이 열 살쯤, 30대 후반 친구 아버지, 콜록콜록 허약했던 빨강 할머니를 시나브로 토해 냈어

팔뚝에 노가리 같은 뱀 새끼 달라붙어 꼬리 흔들어대자 잽싸게 잡아 떼버린, 요즈음 들어 어깨가 구물구물, 간혹 허연 비늘 같은 갑옷을,

그와 그의 동생, 어느 봄날 방천 담벼락 틈새 느릿느릿 기어드는 지킴이를 그만, 그 친구 아버지에게 질질 끌고, 그렇게 먹고 싶었던 알사탕과 비스킷

그가 꽤 큰 감투를, 연중 가장 규모 있는 축젯날 그의 심복이 실수를, 그만 그의 의자 사라지고, 전날 밤 그의 어머니, 목 없는 샤워기 호스가 타라락 몸 뒤흔들며 허공을 치솟으려다 툭 떨어졌다고,

집에서 떨어진 외딴 언덕배기, 쨍그렁 쨍그르르, 친구 아버지 솥뚜껑 닫기 전, 울긋불긋 잡초 색 점박이, 이끼 색 삼

각 머리와

　꼬리 달린 아버지들, 활딱활딱 사생결단 뚜껑 들썩이며 가마솥을 뛰쳐나오려, 때마다 훔쳐본 그 어린 소녀, 심한 조울증으로 시들어 가는 친구의 중년, 아휴! 얼마나 뜨거웠을까

호프집의 굿판

늦은 밤 사무실 안, 혼자 창가에 서서 뭔가를 골똘히 생각하고 있다가 힐끔, 슬쩍 누가 지나가는 흔적을 느끼고, 이내 한 번 더 돌아본다 낮에 왔다 간 누군가의 남은 흔적일까

경양식 집을 하던 내 친구, 힐끔 돌아본 화장실 쪽, 건장한 청년이 화장실 안으로 들어가고, 일순 홀 안의 집기들이 오싹하게 친구를 쏘아 보고, 슬금슬금 마치 혼 나간 사람처럼 화장실로 간 친구, 우람하게 소변기에 서 있기라도 할 그 청년 보이질 않았고, 쿵덕쿵덕 부풀어 오른 불안, 좌변기실 안 누군가 무겁게 앉아 있을 것 같은 두려움으로 노크를, 기척이 없자 조심스레 문을 열어봤는데,

친구는 밤만 되면 다시 또 그런 일을, 급기야 굿판을 벌인 그는 제 스스로 징을 깨어져라 치며 그 청년 쫓아내려 징 지잉, 화장실 안을 두들겨댔어

무서운 파장

그는 사극 드라마의 어느 양반 기침을 시도 때도 없이, 으흠 으흠!

그의 나이 겨우 스무 살 학생, 도란도란 얘기를 나누다 으흠 으흠, 저 심장 깊은 곳 질퍽질퍽 쓰레질하는 농부 아버지가 튀어나온 신호체계

전철 안에서 한 젊은이, 옆자리 친구와 소곤소곤 얘기를 나누는 동안

입 주변 바람 한 점 없는 수면처럼 정상이었어

하지만 말을 멈추고, 맞은편 사람들이 제 얼굴을 막 쏘아보고 있다는,

옆자리 친구와는 반대 방향으로, 입이 쉼 없이 씰룩씰룩 돌아가,

한참 깊은 저 천 길 머릿속에서 순간순간, 아무리 스위치를 눌러 끄려 해도 고장 나 버린, 그 어떤 무서운 파장 때문이 아닌지

모색

내 얼굴엔 기마병들 말발굽 소리가 뛰어가고
몹시 깊은 세로의 골짜기 하나를 경계로
맨몸으로 양 눈썹이 붙어 힘을 겨룰 때

싫어하는 어둠 서둘러 불러들여 눈을 감았지
잠들지 않은 내 눈, 쭈빗쭈빗 석회암 바위산에서
한참 깊은 아래로 뚫려 있는 구멍을
내려다봤어
아득한 구멍의 바닥, 잠잠하기는 하나
암청색 바닷물이 일렁이고 있었어

바싹바싹 타들어 가게 한 널 만나기 두려워
질긴 매듭 등거리로 풀어줄
중재자를, 근데
허락도 하지 않은 내 집 그 높은 담장 뛰어넘어
대문 열고 이삿짐을 마당 한 켠에 부려놓고
빈방 하나를 차지,
각자 컴퓨터를 켜 놓고

별생각 없이 고개 숙이고 앉아 있는 두 사내

뿔도 없는 이마로 힘겨루기 하던 내 양 눈썹
두 사내에게 삿대질을 하다
번갈아 군밤을 찍어 바르며 야단을 쳤지

그 바위산 구멍
할퀸 핏자국 하나 없이 내가 어떻게 내려갔는지
입은 채 겨울 바닷물에 둥실둥실 몸 담그고
절벽 바위틈에 매달려 막 기어오르고 있었어

포켓에 내가 있는지 물어봤냐

자꾸만 누가 날 따라와, 저기 저!
저 봐, 안전기획부 대원이 날 뒤쫓고 있어
아니, 갑자기 내가 없어졌다고, 없어졌어
내가 그놈의 육법전서 형사소송법
어느 행간으로 도망쳤다고, 아니 그럼 난 어디 있어
찾고 있는 내가 없어져 구석구석을, 책꽂이 위에
서랍 안에, 거실 탁자 밑에
아휴, 제발 내 정말 어디 있단 말이야
자꾸만 누가 날 따라와 따라온다니까
앞뒤도 없는 일에, 빈 절구통만 찧고 있다니
수상해, 날 찾기 위해 먼 데 갔다 온 서류 가방
이 칸 저 칸, 다시 두 번 세 번, 물티슈 밑에도
젠장, 난 밤새 눈만 감고, 아니 참 한양 갔다 온
내 호주머니 속, 끌쩍거린 메모지 주름
속에도, 100원짜리 동전 밑에도 없다니까
아휴, 자꾸 누가 날 뒤쫓고 있어
기고만장한, 이런 젠장맞을 네가 무슨 네로 황제야
삼겹살을 씹듯 숨어서 날 따라다니고,

아니 형 참, 왜 내 말 안 믿느냐고~~.

보이지 않는 울타리

뚜껑 없는 항아리, 원은 원인데 담이 없는 옹달샘, 청개구리는 괜찮은데 물자수*는 꺼림칙했어

보이지 않는 울타리라고 마구잡이 들어오면, 좌심방 같은 내 안 어쩌란 말인가

그 옹달샘 청개구리들, 때론 노래 불러줘 물의 표정 '백제의 미소' 달이 띄운 둥근 배 타고 노 저으며 나도 노래 불렀지 허기진 물자수 느닷없이 나타나, 요리조리 파랑 일으키며 청개구리들 내쫓았어
하지만 그 샘, 쫓기지 않은 청개구리들 문을 닫고 숨죽인 채 앉아 있었어

그래 어쩌노, 빗물도 들어오고 개구리도 들어오라, 의인이면 어떻고 마귀인들 어쩌겠냐.
때 되면 간데없이 가라앉는 옹달샘, 일렁일렁 커다란 양푼에 달을 퍼다 보리쌀 씻어, 보이지 않는 울타리까지 반찬으로 무쳐 함께 먹기 바빴어

* 독 없는 회색 무늬의 작은 뱀.

제4부

체중계

아침 무게와 저녁 무게 차 1.3킬로, 하지만 어떨 땐 0.4킬로, 도무지 누구의 잘못, 내 몸이 불량품인가

겉은 번지르르한데 속은 새카맣게 벌레 먹은 천도복숭아, 하필 그 사람 내 옆자리에 앉고, 서서히 거북해진 내 안의 허공 어디서 경계를 허문 시커먼 가스가 모락모락, 잔뜩 더부룩해지더니 꽤 불어난 하루의 무게

하지만 오후에 '거짓 웃음' 수련을 20분 동안 받았으니, 살며시 웃는 얼굴 그려 넣은 버스 차창, 8차선 도로에 시동 꺼진 내 차 밀어준 그 사내, 사자死者의 몸에서 하늘하늘 빠져나간 영혼의 무게만큼 쭈그러들었을까

깜짝깜짝 놀라게 한 신호, 갑자기 날 돌처럼 만들어버린 친구의 카톡 문자, 사라져간 가스 다시 고요를 휘저어 내 피부 숨구멍으로 스멀스멀 스며들고,

액체에 용해되지 않은 내 귓길 하루의 무게

내 네 탓을 하며 새것으로 바꾸었지, 비록 내다 버렸지만 너에겐 아무런 죄가 없었고 오락가락 바늘 움직이게, 나를

역하게 만든 장본인은 그놈의 피로물질 때문이었어

오디세우스

이미 천문이 닫혀버린 시간, 먼동 터 오면 알약들 떠다니고, 너는 그를 누구라 부르지 않고 오디세우스라 불렀지 하지만 단테의 오디세우스라고는 부르지 말게나

아직 그가 살아 있다는 걸, 삼십여 년 3교대 야근 노동자, 조간신문 배달원, 새벽 세 시에 운동장을 돌며 주문을 외곤 하는, 그리고 돌아와 마군魔軍들에게 안정제를 두루 먹이고, 가야 할 먼 귀향길

늑대 여우 돼지의 DNA가 합성된 용사, 먼동 튼 지 한 시간 네가 잠이 깰 시간엔 그는 사라지고 없어

일곱 살 적 엄마에게 빼앗긴, 쉽게 찢어지지 않는 돼지 오줌통 공, 그가 오전 내내 비몽사몽하는 동안 줄곧 구혼자들에게 새파랗게 질려 있는 아내 페넬로페, 욕실에서 몸을 씻어 준 부하에게 부린 히스테리, 그 말랑말랑한 공 누가 그에게 돌려주나

노여움 출렁이는 섬과 섬 사이, 결국 외눈박이 거인 눈을 멀게 해놓고, 까마득히 고향 잊어먹게 한 마녀의 주술에 넘

어갔지

　너도 간혹 좁은 해협 통과하기 전 백야의 밤에게 고개 숙여야 하듯, 해협 양 끝에서 기다린 두 여인, 물을 들이켤 때 배를 삼켜버리는 소용돌이, 차라리 머리가 여섯, 뱀 같은 긴 목 휘젓는 여인에게 병사 여섯을 주고,

　흐물흐물 내려앉은 조타실 의자, 살아남아야 할 이유가 있는가, 한때는 그의 목마 발굽으로 트로이를 무차별 짓밟아놓긴 했어도, 그 또한 제우스의 장난, 그 오줌통 축구공 언제 그에게, 정오가 되기 전 안정제가 일어나, 아직도 할 일 한 바구니, 그는 단테의 오디세우스가 아니라고 손을 내저었어

하나 되는 시간

어떨 땐 내 육신, 영혼을 옆구리 안쪽 독방에 꼬깃꼬깃 날을 죽여 가두어 놓고는, 한동안 전전긍긍하게 했다오

그러다 때론 복수를 한 건지
내 영혼 먼눈팔다, 거구의 내 육신을 패대기칠 때가 있었지
그럴 땐 메추리알보다 작은 영혼 눈만 멀뚱멀뚱 멍든 내 육신에게
두 손 비벼 용서를 구하기도 했어요

젊은 날 범퍼에 받힌 허벅지, 어쩔 수 없이 내 영혼에게 통증이란 칼이 주어져, 비긴 가운데 굵은 세로줄 하나 그어 놓기도 했지요

한때 우울증에 허우적거린 영혼, 육신에게 피해 입히지 않으려 새벽잠 대신, 온종일 서너 번씩 쪽잠으로 내 육신 편하게도, 그러다 정말
새벽 한 시만 되면 어김없이 내 육신과 영혼 몸을 섞는 화

해로, 남들이 알 수 없는 서너 시간,

　낮에는 도무지 떠오르지 않는,

　살아 움직이는 답 펄떡이고, 실뭉치 같은 갈등들 술술술

　하지만 연민으로 터 오는 먼동, 제 몸 보이지 않으려 내
육신과 영혼에게 서둘러 잠옷 입히려 화들짝 애를 쓰곤 했
어요

계절의 마디

멀리서 아주 멀리서 마디의 발걸음 슥슥 서걱서걱, 내 몸
엔 붉은 반점들 따끔따끔

마디는 천 길 계곡, 낭창낭창 가는 외줄 타고, 그 줄 흔들
흔들 발정기에 접어든 반점들 불을 지피고, 마디의 발걸음
소리 점점 가까이

가려운 마디 발작을 하면 홍회색 눈물이 울컥,

또 다른 마디 건너려면 낡은 목선 노를 저어, 흐름 사나운
강물을 건너야만 하지

시퍼런 깊이와 찌그덕대는 나룻배, 갑자기 목덜미 홍반점
깎지 않은 손톱 끌어당겨 하닥하닥,

몽돌 같은 배앓이를 하며 마디를 건너던 3월, 울 아버지도
그만 세상을 등지셨어

사부작사부작 떠나는 마디 옷 입는 소리 훔쳐 듣던 홍반
점, 야금야금 갑옷을 재단하기 시작, 저 멀리 마디의 뒷모습
가물거리면 그 반점들 흑갈색 등 보이며 졸음에 겨워 곤한
꿈을 꾸기 시작하지

아직 나는 진화 중

나도 너처럼 또 다른 나를 여럿 가지고 있지

내가 입은 후줄그레한 환자복을 환하게 빛나는 색상으로
다리미질해 준, 아담한 옥상 정원을 걷고 있어

한여름 해 질 녘 할머니가 좋아했던 백일홍, 맨드라미
그리고 접시꽃, 해지는 걸 못내 아쉬워하는
해바라기도,
여기가 바로 거기지!

그렇게 가 보고 싶었던 난, 밀로만 듣던 태평양의 섬
사모아에 가
특수 제작된 잠수복을 입고 산호초 동산을 지금 돌고 있어
내 잠수복은 수압에도 관계없고
스스로 산소를 마시며
신발과 내 다리가 가는 곳엔 가시 같은 해초들이
부서지며 길을 내 주지
산호초에 모여 사는 열대 물고기들

평생 한 벌 밖에 입지 못하는, 어쩌면 저렇게
희귀한 디자인으로 뽐낼 수 있는지
화려한 색의 전시장 산호초 동산
오! 여기가 바로 거기

저 허공 1만 미터 높이 지점에
신기술 초강력 레이저 빔으로 직사각형 병원 옥상 정원을
시루떡 모양으로 잘라
오방신장五方神將*들 손바닥 다섯을 빌려
칠흑 같은 먹구름 속으로 띄워 올렸어
산소 부족을 스스로 해결하는, 열선 내장된 하얀 천사복을
입은 나는, 구름 속 벤치에 앉아
깊은 명상에 젖어 있었어
먹구름 벗겨지며 환하게 밝은 햇살을 맞이하는 순간
내 마음속으로
놀라운 번갯불이 번쩍 가로질러 지나갔지

머잖아 또 다른 나는, 토성의 위성 타이탄으로 날아가

겉은 냉정하지만 속 따뜻한,

겹겹의 얼음 두께를 뚫고, 형언할 수 없는 외피를 가진 고기들과

그 아래 바다를 유영하며

또 다른 환상의 천국을 만나 볼 것이야

* 민속에서 다섯 방위를 다스리는 신장(일종의 천상의 신).

잃어버린 바위

쏴 차르르, 저 먼 섬 불빛 가물거린다

목성의 어머닐 에워싸며 돌고 도는 유로파의 낮은 언덕
갯가에 엉덩이 까발리고 쭈그려 앉아 끙끙거린 소년

만질 수 없을 만큼 반질거리는, 뭉게구름 다불다불 묶어
함지에 이고 숨 몰아쉬며 길 떠나는 여인

소년은 제 키의 몇 질이나 되는, 유년의 계곡 바위를 데굴
데굴 힘겹게 굴리며 비포장도로를 오가고, 그러다 도시의
대로까지 굴려 온 바위, 더 이상 굴릴 수 없어 빵빵거리는
차도 가운데 세워두고 도망을 쳤지

시베리아로 여행을 떠난 소년, 독수리에게 양 날개를 빌
려 어머니의 뭉게구름을 사러 지중해 바다를 떠돌다 마추픽
추 정상을 휘휘, 험준한 파타고니아 절벽을 차갑게 날아오
르기도,

하지만 애꾸눈 같은 해골 모습 시커먼 한울님 두상, 눈을
감기만 하면 나타났다 사라지고

중년이 된 소년, 어머니의 뭉게구름 함지를 타고 다시 그

바위 굴리러 찾아 나섰지, 목적지에 도달하지 못한 그 차도
와 바위 어디로 가버렸는지, 차가운 마룻바닥

　절간 불상 전에 엎드려 두 손바닥 사이에 이마 파묻고, 목
성의 화를 식히려 아직도 차갑게 돌고 있는 제 모습 바라보며

　어지럼증을 겨우 가누고 마룻바닥에 달라붙어 있었어

또 다른 나

알펜 루트*의 얼음산 3,000고지, 정상에서 아래로
일제히 허리 굽힌 바람의 군대, 저 나무들
투명 전투복을 두껍게 입고
왜 저렇게 고된 훈련을 하고 있는 걸까

이미 떠난 외숙모의 목관木棺
이국의 다다미방에서 이 밤을 기다리고 있었는지
가지 못할 고 풀어 겨우 떠나보내고

선들선들 허리 시리게 하는 자정이 되니
내 달팽이관 안에 쌓인 마른 낙엽 밟는, 비올라 다 감바**의
탁한 울림이
빙산 같은 내 눈동자 촉촉이 번질거리게 만들었어

잠들지 않았다고 불쑥 내 방문 열고 들어온
나 아닌 또 다른 나
"아휴, 살면 뭣해~~"

자동차 벌점 교육장실

한쪽 다리를 저는 강사의 고백, 소년 시절부터 40 중반까지

수많은 시선들에 쏘이고 덴 영혼

그들의 동정 어린 시선 독주로 버물어 들이키고, 언젠가 그날

귀갓길 낯선 남자의

측은한 시선과 마구잡이 멱살잡이를 했다고

나사렛 예수가 지나간, 푹신푹신 광야의 흙더미 언덕길

자그마한 돌 위에 새겨진 체 게바라의 명패 앞에

무릎 꿇어 절을 하는 나의 친구, 무슨 일로 내가 그 옆에

엉거주춤 서 있었는지

* '일본 알프스' 라는 고산 관광지.
** 바로크(17-18세기) 시대 유럽에서 유행한 7현 저음 현악기.

백 년간의 독재자

징검다리 밟으며 남의 일처럼 돌고 도는 성자, 하지만 참
지독히도 화살표 같은 제왕
비록 다르긴 해도 살로메*가 얻어낸 선물처럼 나도 당신
에게 받아낼 수는 없는가 혹 그보다 더한
몸의 주술呪術로 당신을 취하게 한 뒤,
나는 당신에게 한 개의 밤을 일곱 개의 밤만큼, 넓고 부피
또한 큰,
그 몸피 안에는 밀림 우거진 산과 공원, 물론
사유하는 오솔길도 나 있는, 그런 대지를 품은 밤을 달라고
일곱 가지 베일의 춤을 체액이 말라 몽롱해지도록 당신의
욕정에 불을 붙여 주리라

그 밤 속엔 아예 당신 따위가 처형당하고 없는, 언제든
배고프면 밀림의 과일은 익어가고, 한 주 동안
눈곱 세수만 하고 다녀도 누구 하나 어색하지도 않고,
수염이며 머리카락
저절로 빠지고 나면 되는 땅

밤이 잠을 괴롭혀 죄 없는 매트를 손바닥으로 내려치는 일 없을 거고, 흐느적흐느적

　오솔길 걷다 갑자기 달을 잡아채려 웃통 벗어 던지고 펄쩍펄쩍 손칼 휘저으며 날뛰는 몽유병자 되어도

　저절로 풀이 죽어 가라앉는 그런 밤

　야수 같은 당신을 향해 세례 요한**이 이빨을 뿌드득뿌드득, 그래도

　나처럼 밤과 낮을 뒤집어 입고 다니는 자

　아직 어두움이 길어 여유로운 밤

　낮은 먹이 구하는 이리 떼들의 언덕, 우리 속에 갇혀 있던 여러 종의 짐승들 풀어놓아 언제나 쫓기는 나

　물가는 악어 떼 수풀엔 독사, 당신이 보낸 분신들

　살로메, 살로메, 너는 나의 메시아!

　왜 나는 매일 이렇게 쫓겨야만 하는지, 악마 같은 저 독재자 잠시 눈멀게 하여 일곱 개의 베일

　하나가 되는, 그런 밤을 간절히 구해주려무나

* 헤롯왕의 청으로 왕의 생일날 관능적인 '일곱 개의 베일 춤'을 추어 소원을
얻어낸 의붓딸.
** 헤롯왕이 형수와 결혼을 하자 부도덕성을 비난하다 감옥에 갇힌 자.

같은 이름들

同名異人, 그리고 사물들, 우린 큰마음 먹고 귀신같이 한데 모여 자기소개 대회를 열기로 작정했지요

내가 태어나기 전 내 이름을 빌려 간 걸까, 다섯 살배기 사내아이, 여자아이 둘과 놀다
내가 나무에 기어올라, 야! 내 봐래이, 썩은 나뭇가지와 함께 휑 떨어져 헝겊 붕대를 이렇게 감고 나왔어요, 된장을 찍어 발라 놨거든요, 며칠 뒤면 그 친구들과

못다 한 애정의, 그렇게 뜨거웠다 식었는데, 하루는 문전박대
그 친구 할머니 뿌려준 우박 같은 소금 세례, 너무 좋아 사십 계단을 업고, 내 이름과 같은 서른네 살 총각의 희한한 자기소개도 있었고,

열한 개의 같은 이름들,
유년의 나는 골목에서 만난 내 또래 여자아이 윤혜에게,
우리 엄마와 아빠 요새 왜 날 자꾸만 미워하는지, 시무룩하

게 고백을 한 그 기억, 50이 넘은

이 나이에도, 그 여자아이 맞장구쳐준 얘기가 잘 기억나
질 않는다고 하며.

국제 대회인 양, 내 이름을 가진 가무잡잡 태닝*을 한 일
본 여자 유도 선수, 올림픽 4연패 금메달 획득, 이젠 진로를
고민 중에 있다며,

내 몸뚱이만 한 팔을 들어 올려 인사를 하고,

내 이름을 도용한 일본 청소년 캐주얼 브랜드, ₩1,720,250
짜리 잠바를 입고

긴자** 거리를 활보한 열여섯 살의 내가, 내 이름과 똑같
은 닛코 호텔 데판야끼 스테이크 전문점에서

식사를 하는 모습 영상으로 보여주고,

또 다른 내 이름의 영상 소개, 해가 바뀌려 몸부림친 열여
덟 크리스마스이브 때

스님이 되고 싶어 비를 맞으며 걸었던 내가, 내 이름 뒤에
이레네오라는 세례명으로, 성당에서 수많은 신도들을 앉혀

놓고 하늘 향해 손 뒤흔들며 설교하는 내 모습

　참 성스럽게 보였다오

<hr/>

* 피부를 그을려 어둡게 만드는 것. 다른 인종처럼 보이기도 함.
** 일본 도쿄에 있는 중심가 거리.

이명耳鳴
— 사巳와 돈豚

검회색 점박이 무늬 뱀띠가 이간질을 당했습니다
뱀띠는 독 서린 똬리를 틀고 있다가
꿀꿀꿀, 우직해 구시렁댄
돼지띠의 콧잔등을 날카롭게 물어버렸어요
돼지띠의 달팽이관 속엔 서둘러 음악회가 열렸지요

찌, 찌, 찌지지,
작은 동굴 속 9월의 어느 오후였지요
무대나 연주자 모두 보이지 않았으나
이끼 냄새 물씬거리는, 으스스하고 서늘한 동굴 안이었
어요
떨리며 뚝뚝 끊기는 애절한 귀뚜라미 울음
돼지는 몸져누워 서러워했습니다

나불나불, 혀로 쏘아 욕설이야 흩뿌릴 수 있지만
몸 색을 시퍼렇게 바꾸어 똬리 틀고 돼지의 콧잔등에
앉아 있었지요
시무룩한 사의 움직임, 돈의 길목을 피해

느릿느릿 피해 다녔습니다

우렁우렁우렁,

심장 같은 엔진 소리, 어쩌면 경쾌하게도 들리지만

선체船體가 헐렁헐렁 떨리니 불안합니다

돼지의 달팽이관 속 무대, 배의 기관실로 옮겼지요

치-----

눈만 뜨면 계절이 고장 났는지

수도 없는 매미들 깊은 숲속 마냥 울어댑니다

돼지의 겨울 귓속은 아직도 한여름 오후

햇무리 같은 뱀띠 독 스멀스멀

돼지띠 눈두덩으로 옮겨 시퍼렇게 남아 있답니다

비록 져 주긴 했어도 돈은 사에게 이기게 돼 있지요

아듀, 2018

언제부터 너는 내 영혼을 뺏어가려 했나
모락모락 서린 김 고운 자태로, 나를 떠나 너의 정수리
구멍으로 새어 들어가는,

하지만, 내가 머리맡에 둔 과도 칼끝
너를 향한 것도 아니고
내 순결을 지키려 허리춤에 찬 은장도 또한 아니다

문이 막 닫히는 2018, 나는 그날 저녁
한도 없이 춤을 추어보기로 마음먹었으나, 하지만
한밤중이 돼도 종은 울리지 않았고
가물가물 먼동 터 오자 뒤늦게 울려 퍼진 바이올린 소리
나는 하얀 와이셔츠 나비넥타이
새벽닭 울음소리에 혼비백산 도망을 쳐야만 했어

기도보다 더 강하고 무녀보다 더 센, 그는 나에게
배곯아 도망도 못 가는 쥐를
초롱초롱 고양이로 둔갑시켜, 밤을 뒤척이지 않아도 무표

정하게 거짓말을 할 수 있게

  아직도 난 너에게
  내 영혼을 넘겨줄 순 없어
  비록 젊은 날 은밀한 가슴앓이 몇 개
  지금은 지느러미가 자라 내 등짝 속에서 구물구물, 혈이
돌지 않는 사슴벌레

  넌 날 소금쟁이쯤으로,
  아직도 높은 물살 거슬러 뛰어오르는, 때론 실패를 거듭
  물의 등 실성하게 기어다니다, 신성한 쇠의 원기
  그 과도 칼끝 지느러미 기운으로
  다시 날아오르는, 날쌘 내 몸속 주인공

그의 속

울음으로 주린 배 채웠던 그 아이
그의 얼굴 알듯 말듯 속 훤하지 않은 흐린 연못이었어
씰룩씰룩 눈자위에 파문이 일고, 누가
주기적으로 잔돌을 자꾸만 던지나보다

기다리다 지쳐
어머니 가슴인 양 손가락을 빨고 다닌 그 아이
왜 그의 손 술은 뒷전이고
무심코 집어 간 안주들, 기계처럼
입으로, 불어 오른 포만감 더부룩해져 버린
그의 속

이빨로는 뭔가를 자꾸만 씹어야 했고
깨물어야만, 어찌나 씹는 속도 빠른지 껌이 입천장을
나방처럼 날아다니는,
송곳니가 혀를 지그재그로 할퀴고

그가 오래 굴리고 싶었던 입안 캔디

번번이 견디지 못해 바싹바싹 가루로 짓이겨지고,

캔디가 입안에서 순순히 녹을 때까지, 소화되지 않은

캔디들로

잔뜩 거북해져 버린 그의 속

돌을 데리고 집으로 가는 소녀

돌을 몰고 집으로 가는 소녀, 상가 골목에서 흥이 난 할아버지, 오른 다리 한껏 들어 속 빈 캔을 쭈그러뜨리고 있는, 소녀는 할아버지 동작을 힐끔힐끔 돌을 발길로 찬다

돌은 그리 크지 않은, 엄마의 주먹만 한 돌, 소녀는 그 돌 축구공처럼 굴리며 밀집 상가 갓길을 가고 있다

눈이 부리부리한 오빠가 4미터 거리에서 날쌔게 뛰어가 드라곤 펀치를 날린다 점수 1004, 오! 천사, 그럼 내가 님프란 말이야, 언니도 허우적거리며 냅다 펀치를 날린다

물끄러미 돌공을 가만두고 보고 있던 소녀, 다시 두세 걸음 돌을 차며 걸어간다

잠시 멈춰 뒤돌아본다 언니는 씩씩대며 마구잡이 망치를 내려치듯 두더지 잡기 게임을 한다

오빠가 언니에게 누굴 그렇게, 아버지 아니 어머닐 때린 거냐, 그럼 오빤 누굴 때린 거야, 나도 모르겠어, 시무룩한 표정 지으며 다시 돌을 굴리며 가는 소녀

'이면도로'에 선 허다한 '나'와
'합일'에 이르는 화해의 언어

염선옥

'이면도로'에 선 허다한 '나'와
'합일'에 이르는 화해의 언어

염선옥

(문학평론가)

1

프랑스 문예비평가 모리스 블랑쇼Maurice Blanchot는 '문학의 공간'이란 창작과 글쓰기에 의해 열린다고 말한다. 그는 글쓰기의 의미를 '바깥' 개념으로 성찰했는데 그가 말하는 '바깥'이란 지리적 개념이 아니라 서양 문화의 외곽에 속해 있는 정신의 한 부분에 속하는 추상적 개념이다. 그는 이러한 '바깥의 사유'를 통해 문학의 공간을 더듬어 나갔다. 바깥의 공간은 장소도 없고 휴식도 없는 텅 빈 공간으로, 블랑쇼는 이러한 공간을 '사막'으로 묘사한 바 있다. 사막이란 예술가의 거처이자 '헤맴'의 장소라는 것이다. 이러한 '헤맴'의 글쓰기는 우리 존재를 종종 오류로 이끌곤 하지만, 이러한 오류는 우리를 해답에 다가서게 하며 동시에 '낯섦'과 문학의 현실로 되돌아오게 하기도 한다.

 "천길 벼랑의 다랑밭에서/ 씨를 뿌리고 김을"(이초우, 「시인의 말」, 『1818년 9월의 헤겔 선생』, 한국문연, 2007) 매고, 블랙홀과 화이트홀이라는 상반된 두 공간을 이으며 '바깥'으로의 '웜홀' 여행(『웜홀 여행법』, 천년의시작, 2014)을 떠났던 이초우 시인은 문학적 '바깥'에서 '헤맴'을 통해 '낯섦'과 문학의 현실을 갈파한 바 있다. 시적 '신대륙' 발견을 가장 중요하게 여긴 그는 유고 시집이 되어버린 세 번째 시집 『프로이트의 팽이』에서 인간의 의식을 상반된 무의식과 연결 지으며 '결여缺如'한 '나'를 찾아 '내면'으로 긴 여행을 떠나고 있다. "남극의 끝자락에서 인사동 쌍끝의 양화점을 지나 에스파냐의 세비야 언덕을 가로지르는 활달한 우주의 상상력"(유성호, 「표4 글」, 『1818년 9월의 헤겔 선생』, 한국문연, 2007.; 유성호, 「시와 세계 서가」, 『시와 세계』 제20호, 시와세계, 2007.12, 293쪽)을 펼치며 유목적 상상력을 통해 독창적인 시적 세계를 창조해 온 시인은 이번 시집에서 비가시非可視의 세계인 내면으로 여로를 떠나는 것이다.

 인간은 생래적으로 긍정적이고 우호적인 평가나 '나'가 가지고자 하는 이미지를 위주로 자신의 정체성과 성격을 설명한다. 하지만 프로이트는 진정한 '나'를 알기 위해서는 마주하기 싫은 '나'의 내면과 억압된 기억들, 고통스러운 감정을 다 이해해야 한다고 말한다. 이초우 시인에게 무의식은 존재가 지닌 '히든Hidden 영역'이 아니라 '나'를 조정하는 다른 인격이고 인간의 의식을 장악하는 본질적 구조이다. 결국 『프로이트의 팽이』는 의식과 무의식의 세계에 자리한 무수한 '나'가 공동체를 이루며 대립과 조화에 대해 이야기하는 시집인 셈이다. 여기서 시인은 배타적인 것과 부정적인 것, 방어적인 것과 파괴적인 것 등을 마주하는 데 주저하지 않으면서 의식과 무의식, 현실과 환상, 과거와 현재, 기억과 실재, 자연과 과학 '사이'의 '이면도로' 같은 공간을 파악하여 '구멍' 나서 시린 무수한 '나'를 위로하고 현재의 '나'를 의미화한다.

　　나의 구멍은 언제나 시린 맛이 있어

　　정장을 하고 화장실 거울 앞에 섰는데, 갑자기 거울의 미간 찌뿌둥했어 헐거웠던 실매듭 그만 명치 단추를 놓쳐버리고, 실눈 같은 단춧구멍 어찌나 날 시리게 노려보는지 보는 이의 석연찮은 시선, 나는 더 이상 머물지 않고 얼른 행사장을 떠버렸지

포동포동 5월의 비목 나무, 열네 살 내 여린 이파리에 쓰린 구멍이 뚫렸어 하긴 그때 울 아버지 세상 뜨시고, 그해 5월의 내 구멍, 때아닌 냉해로 얼마나 시렸는지

검고 흰 얼룩 등에 업고, 초록으로 잔뜩 배를 채운 광대노린재가 내 구멍 난 몸에서 툭 떨어졌어

부르주아 아들 내 친구에게 들켜버린 양말 구멍, 흠집 난 한겨울 문구멍처럼 어린 내 마음 참 시리게 했지 자주 날 허물어지게 한, 동그란 눈동자 같은 구멍으로 애처롭게 밖을 내다본 엄지발가락 살점 지금 난,

양말 구멍 같은, 구멍이란 구멍을 보기만 하면 나도 모르게 온몸이 시려 견딜 수가 없어

—「구멍」전문

'이면도로'(「이면도로」)는 '텅 빔'의 장소가 아니라 어떤 것을 담고 있되 파악되지 않는 미지의 세계이다. 시인은 '이면도로'를 이해하기 위해 먼저 자신의 시린 '구멍'의 의미와 기원을 파악해 나간다. 시인에게 '구멍'이란 "언제나 시린 맛"이다. 그의 '구멍'에는 시린 시선들과 시린 삶이 깊게 배어 있기 때문이다. 「구멍」은 세 공간의 '시린 맛'이 담겨 있다. 우선 현재의 '나'는 행사장에 서 있다. "정장을 하고" 찾아간 행사장에서 사람들은 "실눈 같은 단춧구멍"으로 "어쩌나 날 시리게 노려보는지

보는 이의 석연찮은 시선"에 화자 '나'는 "더 이상 머물지 않고" 행사장을 뜨고 만다. 위축감을 느낀 '나'의 원인은 어디에 있을까. 이초우는 어린 시절 경험했던 '구멍'의 '시린 맛'이 현재까지 이어져 옴을 깨닫는다. 먼저 '나'는 "열네 살 내 어린 이파리에 쓰린 구멍"을 떠올린다. 그것은 아버지의 '죽음'이다. 그에게 아버지는 어떠한 존재였던가. "만질 수 없을 만큼 반질거리는, 뭉게구름 다불다불 묶어 함지에 이고 숨 몰아쉬며 길 떠나는 여인"(「잃어버린 바위」)을 대신하여 "어머니처럼 언제나 어린 날 손잡고"(「퀸」) 다니시던 분이 아니던가. '나'는 그런 "아버지 세상 뜨시고, 그해 5월의 내 구멍"이 "때아닌 냉해로 얼마나 시렸는지"를 기억한다. 열네 살 이후 '나'는 '구멍'을 안고 살아가게 된 셈이다. 그러한 구멍은 "부르주아 아들"인 친구에게 노출된 구멍 난 양말에 의해 더욱 '시린 맛'으로 다가온다. 단춧구멍 같은 구멍(눈)들의 시선에 의해 언제나 '외계인'이 되고 '로봇 인간'(「이면도로」)처럼 굳어버리거나 회피하게 되는 현재의 '나'는 분명 어린 시절 있었던 무수한 '구멍' 같은 경험들로 "흠집 난 한겨울 문구멍처럼 어린 내 마음"이 "시리게" 된 것이다.

19세기 초까지만 하더라도 불안이나 공포, 콤플렉스에 대한 개념조차 구체적 자리를 잡지 못해서 내면이나 정신 병리는 철저하게 신체적 질환으로 인식되었다. 프로이트에 따르면 마음속에는 어떤 강력한 힘이 자리하고 있는데, 그것은 의식과 별개의 것으로 활동하고 있으며 사고와 행동의 근원이 된다. 그것이 바로 '나'의 무의식이다. 프로이트를 비롯한 심리학자들에 의해 '무의식'이라는 영역이 상정된 후 인간은 행동과 감정, 생각의 근원이 내면 깊숙한 곳에 파묻힌 무의식적 갈등에서 비롯한다는 것을 깨닫게 되었고, 의식 뒤에 숨어 있는 또 하나의 의식인 무의식을 발견하게(마이클 칸, 안창일 옮김, 『21세기에 다시 읽는 프로이트 심리학』, 학지사, 2008, 251쪽) 된 것이다. 이초우는 정익진과의 한 대담에서, 프로이트의 정신분석학에 빠져 여러 도시로 강좌를 듣기 위해 뛰어다녔으며 제3시집은 "불안과 관음증, 노출증, 히스테리, 콤플렉스, 징크스 등등의 인간 정신의 문제"에 천착하고 싶다고(이초우·정익진, 「시혼이여, 두려워 말고 나에게 오라」, 『현대시』 297호, 한국문연, 2014.9, 246-247쪽) 밝힌 바 있다. 그는 세계의 본질인 의식이 무의식에 놓여 있다고 증명함으로써 '나'를 회복하고 이해해 가려 한 것이다.

2

이초우 시인이 시를 풀어가는 방식은 의식의 '나'가 무의식 세계에 존재하는 '나'를 만나 '하나'가 되는 과정이다. 무의식의 세계를 풀어내려는 여러 시인의 시도가 '꿈'이나 '증상', '환상' 등으로 행해졌다면, 이초우에게 무의식의 세계는 현재의

'나'와 일종의 네트워크를 형성하며 상호작용을 하는 방식으로 자리한다. 「구멍」 시처럼, 현재의 '나'는 과거의 무수한 '나'의 상처와 무관하지 않으며 그것의 결과물로서 위치하게 된다. 그는 "한 달에 한 번쯤은 눈이 벌건 샘물/ 붉은 꽃망울 터트려 짜내"(「농한 샘물」)던 어린 시절의 '나', "하루에 세 갑 정도를 태우며 애써 날 달래보지만, 오히려/ 여름날 탄산음료 마실 때 마냥/ 돌아서면 갈증만"(「황홀한 도넛」) 나던 청년의 '나'와 결별하지 않고 그의 고독과 고통, 텅 빈 구멍과도 같은 상흔을 위로하며 현재의 '나'를 해독해 간다. 이제 시인은 육체와 영혼이 "하나 되는 시간"을 마련하려 한다.

어떨 땐 내 육신, 영혼을 옆구리 안쪽 독방에 꼬깃꼬깃 날을 죽여 가두어 놓고는, 한동안 전전긍긍하게 했다오

그러다 때론 복수를 한 건지
내 영혼 먼눈팔다, 거구의 내 육신을 패대기칠 때가 있었지
그럴 땐 메추리알보다 작은 영혼 눈만 멀뚱멀뚱 멍든 내 육신에게
두 손 비벼 용서를 구하기도 했어요

젊은 날 범퍼에 받힌 허벅지, 어쩔 수 없이 내 영혼에게 통증이란 칼이 주어져, 미간 가운데 굵은 세로줄 하나 그어놓기

도 했지요

　한때 우울증에 허우적거린 영혼, 육신에게 피해 입히지 않
으려 새벽잠 대신, 온종일 서너 번씩 쪽잠으로 내 육신 편하게
도, 그러다 정말
　새벽 한 시만 되면 어김없이 내 육신과 영혼 몸을 섞는 화해
로, 남들이 알 수 없는 서너 시간,
　낮에는 도무지 떠오르지 않는,
　살아 움직이는 답 펄떡이고, 실뭉치 같은 갈등들 술술술

　하지만 연민으로 터 오는 먼동, 제 몸 보이지 않으려 내 육
신과 영혼에게 서둘러 잠옷 입히려 화들짝 애를 쓰곤 했어요
　　　　　　　　　　　　　　　　　　　—「하나 되는 시간」 전문

　시인은 육체가 감각하는 보잘것없는 세계를 넘어 영혼이 감
각할 때 비로소 펄떡거리는 "살아 움직이는 답"을 찾을 수 있
었다고 말한다. 비대해진 육신은 영혼과의 결속을 열망하지
않지만 "꼬깃꼬깃"하고 "메추리알보다 작"은 영혼은 육신과
하나 되기를 갈망한다. 「하나 되는 시간」은 빈약한 영혼이
"남들이 알 수 없는 서너 시간"만 육신과 몸을 섞게 되어도 그
시간만큼은 "도무지 떠오르지 않는,/ 살아 움직이는 답"을 찾
고 "실뭉치 같은 갈등들"이 "술술술" 풀려나가는 기적 같은 체

험을 전함으로써, 정신과 육체의 결속과 공존 가능성을 타진한 작품이다. 영혼을 저버린 채 낮을 살아가는 육신은 거대하지만 그 어떤 갈등도 풀어내지 못한다. 반면 영혼은 "우울증에 허우적거"리지만 "육신에게 피해 입히지 않으려 새벽잠 대신, 온종일 서너 번씩 쪽잠으로 내 육신 편하게" 하려고 애쓴다. 「하나 되는 시간」은 영혼을 '나'의 거주 안으로 환대할 때 비로소 온전한 '나'로 수렴되고 더 나은 의미로 발산될 수 있음을 시사하고 있다. '무의식의 의식화'를 통해 '나'의 병리 문제를 이해해 가듯이 가시적 세계의 문제를 육신의 차원으로만 풀 수 없다는 것이 시인의 믿음이자 육화 방식이다. "새벽 한 시"는 '나'의 오감이 고요해지면서 정신 속에서 하나로 합쳐지는 고귀한 시간이다. 이 안정된 정신을 통해 시인은 '이것과 저것'의 의미를 초월하여 얻을 수 없던 하나의 "살아 움직이는 답"을 얻을 수 있었다. 개인이 필연적으로 마주할 수밖에 없는 고통, 갈등, 고독을 철학적 통찰을 통해 해결하고자 해왔던 이초우 시인은 마침내 이번 시집에서 '이것 아니면 저것'으로 분리하지 않고 '이것은 저것'이고 '저것은 이것'이 될 수 있는 세계를 택한 것이다. 서양 세계가 '이것 아니면 저것'의 세계라면 동양 세계는 '이것 그리고 저것' 혹은 '이것이 저것'의 세계라고 해도 과언이 아니다. 가장 오래된 우파니샤드에서도 상반되는 것들을 '하나'로 여기는 통일성의 원리를 확실하게 긍정하고 있지 않던가. 장자 역시 상반되는 것들의 성격을 설명하면서 '이것과 저것'이 외따로 존재하는 것이 아니라, 서로의 작용으로 존재하는 원리를 설파한 바 있다. 이처럼 이초우에게 삶이란 죽음을 전제로 하며, 육신은 영혼을 전제로 하며, 현재의 '나'는 어렸을 적 무수한 '나'로 이해되는 것이다.

3

2004년 『현대시』로 등단한 이초우의 첫 시집 『1818년 9월의 헤겔 선생』은 "아폴론적인 것과 디오니소스적인 것이 충돌하고 삼투하는 세계의 한 국면을 보여주는 듯"(권채린, 「'차가운 열기'의 미학 —이초우, 『1818년 9월의 헤겔 선생』, 『열린시학』 16(4), 열린시학, 2011.12, 167쪽)하고 "천상과 지상 사이에 존재하면서 그 세계가 하나의 가능성으로 열려"(이재복, 「지상의 뿌리와 천상의 별 사이의 거리 혹은 떨림」, 『1818년 9월의 헤겔 선생』, 한국문연, 2007, 120쪽) 있는 세계를 담고 있었다. 즉, 과거와 현재, 희망과 절망, 자연과 인간 등 대립적 상징들이 '나'의 바깥에 놓여 있지 않고 "가슴에 묻어 둔 바다"(「파타고니아」)처럼 '나'의 안에서 하나의 가능성으로 자리한 것이다. 자연에 생명력을 불어넣어 신화를 탄생시키고 자연을 헤아릴 수 없는 신들의 문장으로 이해(「채석강」)한 두 번째 시집 『웜홀 여행법』에서 그는 무한과 미지의 세계로 긴 여행을 떠나 실존에 고인 고통과 절망을 넘어 희망의 절정에 도달하게 된다. 마침내

『프로이트의 팽이』에서 이초우는 육신과 영혼이 "몸을 섞는 화해"를 모색하는데 시인은 의식과 무관한 것으로 여겨왔던 무의식에 놓인 어린 시절의 '나', 청년 시절의 '나'를 찾아가 그들의 상처를 이해하고 달래며 화해를 청한다. 더불어 현재의 '나'가 과거의 '나'로부터 분리되지 않고 그것들이 존재의 뿌리였음을 인정하면서 어린 시절로 되돌아가고자 하는 갈망을 보여준다. 그의 시는 독립성을 유지하면서도 전체적으로 하나의 담담한 주제를 담아내고 있는데, 결국 시편 전체가 하나의 시 세계로 수렴되는 통사적 구조를 띠는 것이다. 비가시적 세계를 다루면서도 그 안에 음악적 리듬을 담아내고 있기에 짙은 서정성을 느낄 수도 있다. "어머니"의 기억을 그려내면서도 그의 시는 "목성", "유로파", "마추픽추", "파타고니아 절벽", "시베리아", "한울님", "불상"(「잃어버린 바위」)과도 같은 이질적인 것과 몸을 섞으며 추상적 상징들로 시의 새로움을 덧대고 있기 때문이다.

이질적인 것과 낯섦에 몸을 던지는 이러한 그의 실험은 "형식의 새로움과 '메시지'가 양립할 수 있"(박찬일, 「표4 글」, 『1818년 9월의 헤겔 선생』, 한국문연, 2007)게 만들고 의식의 세계를 이해하기 위해 무의식의 세계로 거침없이 뛰어들게 만든다. 새뮤얼 테일러 콜리지의 연구가인 리처즈는 시의 본질은 아이러니에 있다고 말했는데, 그는 아이러니를 서로 모순되는 충동의 조화라고 규정하고 이러한 상반된 감정의 충동을 조화시키는 힘("the balance or reconciliation of opposite and discordant qualities")을 상상력이라 불렀다(I. A. Richards, Principles of Literary Criticism, Routledge Classics, 2001, p.230). 결국 시란 상상력의 소산이라는 바슐라르의 믿음을 신망하던 이초우는 활달한 우주의 상상력을 발휘해 신경증과 병리 현상에 시의 살을 입힌 것이다.

진득진득 열대야로 치장한, 밤만 되면 허물허물
이 집 저 집, 껍데기만 남기고
잠의 소장품을 도굴해 가버리는 원귀들
노인들은 하나둘 세상을 뜨고

깊은 산 고찰 찾아 떠나려던 전날 밤
곡괭이 삽으로 무장한 마군魔軍들, 내 잠의 봉분 속으로
들어와, 내 눈 속이려
가물가물 옆모습만 보여준,

검은 상복의 고개 숙인 여자 잰걸음으로 어딜 가는지
잠시 후 들판에는
늙은 허수아비들 빙글빙글 날아가고
나무란 나무는 무녀들의 손에 머리채를 잡혀
출렁출렁 헝클어져 춤을 춘다

온 누리에 벌어진 큰 굿판

징징 징 소리 울리며 춤을 춘다

산어귀를 오르던 나는 대나무 숲으로 몸 숨기고

더위 쫓는 무당 되어

대나무를 붙잡고 마구잡이 춤을 춘다

한바탕 굿판을 벌인 세찬 비바람, 식은땀 흠뻑

흘러내린 내 잠의 봉분

갑자기 멈춘 굿판에 놀라 줄행랑을 쳐버린 원귀들

아수라장이 된 봉분 안

그만 산사 여행을 포기, 마군 쫓는 알약 배로 넘기고

한풀 꺾인 더위 모양 고개 숙인 채

온종일 소장품들 제자리에, 그래도 두근두근

조신 중에 있다

　　　　　　　　　　　　　　—「그 여름밤의 축제」 전문

　이 작품의 화자는 일종의 망각 또는 환각 증상과도 같은 정신분열증을 앓고 있는 것으로 설정되었다. '나'는 "잠의 소장품을 도굴해 가버리는 원귀들"을 목격하고 "잠의 봉분 속으로 들어와" 자신의 잠을 도굴하려는 "곡괭이 삽으로 무장한 마군魔軍들"이 있다고 믿는다. "가물가물 옆모습만 보여"주는 '마군'과 "검은 상복의 고개 숙인 여자"를 보고 "늙은 허수아비들"
이 "빙글빙글 날아가고/ 나무란 나무는 무녀들의 손에 머리채
를 잡혀/ 출렁출렁 헝클어져 춤을" 추는 장면을 목격한다. 산
어귀를 오르다 말고 "대나무 숲으로 몸 숨기고/ 더위 쫓는 무
당 되어/ 대나무를 붙잡고 마구잡이 춤을" 춘다. 귀신을 쫓는
"한바탕 굿판을 벌인" 뒤 "아수라장이 된 봉분 안"에 서 있기도
한다. "소장품들 제자리에" 있는 것을 확인하고도 "그래도 두
근두근"거리는 '나'는 "마군 쫓는 알약 배로 넘기고/ 한풀 꺾인
더위 모양 고개 숙인 채" 있다.

　　정신분열증 환자는 환상이나 내면세계에 대한 강한 믿음을
가지고 있어 비실존을 실존으로, 비현실을 현실적인 것으로
여기는 측면이 강하다. 이러한 문제는 자기와 내적 대상 혹은
자기와 외적 대상 간의 관계에 대한 혼란으로부터 기인한다.
심리학적으로 정신분열증에 해당하는 환상적 세계와 환각 증
상은 이초우에게 철학적 사유를 불러준다. '이것과 저것'으로
분리하지 않고 '이것은 저것'이라는 시인의 확고한 믿음은 '나'
의 몸을 양쪽 세계를 이어 소통시키는 '잃어버린 통로'로 삼는
다. '나'의 육체는 환상과 환각의 세계에 존재하는 비가시 세
계의 존재들로 뒤얽혀 현란한 움직임을 보여준다. '나'는 이질
의 세계, 이질적 존재와 최종적 동일성을 이루는 데에까지 나
아가는 것이다. 자연스럽게 '나'는 병리증상을 앓을 때마다 '알
약'을 통해 '잠'에 이른다. 이제 '나'는 내면과 외면, 육신과 정

신, 의식과 무의식에 자리한 모든 존재를 감각하지 못하게 만드는 '알약'을 거부한다. 육체의 고통과 잠을 포기하더라도 감각의 세계를 놓지 않겠다는 의지를 보여주려는 것이다. 이초우에게 "시란 사랑하는 여인과도 같고 때론 신과 같은 존재"이며 "나를 살려주는 묘약이며 '詩業'으로 사는 길이 구도의 길이자 제 인생의 의미"(이초우·정익진, 앞의 글, 245쪽)이기에 시인은 모든 존재(비가시)를 환대하고자 '약'을 포기하려는 것이다.

　　나는 놀랐다 내가 서 있던 하구엔 진득진득 뙤약볕 오후, 내 안의 강 상류 국지적 기습 폭우가 쏟아져, 농한 홍수로 건디지 못한 강둑 곪아 터져 무너져 내리고,

　　내가 끼니마다 털어 넣는 타원의 알약, 콩 푸드덕 굉음 소리를 내며 강둑 재생시키는 포클레인, 몸집 우람한 또 다른 알약,
　　무거운 제방 쌓는 일꾼 되어, 앙증맞게 둥근 것 농해버린 강물 정화시켜 주기도 했지
　　두어 달 동안 그 알약들 강둑을 재생 물의 범람을 막았고 검붉은 강물 2급수로 정화시켜 떠나간 버들치 돌아와 한가롭게 헤엄치게 했어

　　하지만 그 알약들 희한했어 나의 또 다른 강, 볼 수조차 없는 내 직관의 강, 그 알약들 이 강물을 말라붙게 하여 바닥이

갈라터지고,

　아무리 애를 써도 살아나지 않는 내 직관의 강 이 강을 되살
리기 위해 나는 포기했어
　1급수로 만든 강물의 정화제 알약들을 끊고, 어느 날 바다
축축해지며 가까스로 내 직관의 강 비린내 풍기는 우윳빛 진
액의 물이 막 뚫리기 시작했어

—「알약」 전문

　위의 시는 육체의 나약함을 지켜주는 알약을 포기함으로써
"직관의 강"을 지키려는 화자의 강인한 의지가 돋보이는 작품
이다. 시인이 "서 있던 하구엔 진득진득 뙤약볕"이 내리쬐고
있지만 "내 안의 강 상류"에는 "국지적 기습 폭우가 쏟아져, 농
한 홍수로 견디지 못한 강둑"이 "곪아 터져 무너져 내리고" 있
다. '나'는 "끼니마다 털어 넣는 타원의 알약"에 의지해 "물의
범람을 막았고 검붉은 강물 2급수로 정화시켜" 마침내 "떠나
간 버들치 돌아와 한가롭게 헤엄치게" 했다. 그러나 '나'는 그
알약들을 복용하는 순간 볼 수 없는 세계가 생겨나는 것을 깨
닫는다. "그 알약들"이 바로 "직관의 강"을 "말라붙게 하"고
"바닥이 갈라터지"게 했기 때문이다. '나'가 "강물의 정화제 알
약들을 끊"기로 결정하자 바다이 축축해지며 가까스로 "직관
의 강 비린내 풍기는 우윳빛 진액의 물이 막 뚫리기 시작"한

것이다. 건강을 포기하는 대신 직관을 견지하겠다는 시인의
의지는 존재의 살아 있음은 육체에 있는 것이 아니라 감각에
있음을 깨닫게 해준다.

4

이초우는 황무지 개척자처럼 허다한 심리학적 문제들을 철
학적으로 통찰하고 시적 상상력을 통해 시세계를 구축하여 독
창적인 시역詩域을 확장해 나갔다. 이는 시인의 지적 성숙에
서 연유하겠지만 새로운 세계를 갈망하는 의지가 이룬 성과이
기도 하다. 비가시적 세계로의 확장은 눈에 보이지 않는 어떠
한 힘이 행사하는 에너지를 포착한 결과일 것이다. 따라서 그
의 시세계를 철학적인 사변적 추론의 방법을 동원해 읽어볼
수 있겠지만 그것으로는 '이것은 저것'이라는 철학적 사유를
담아낼 수 없을 것이며, 시가 지닌 미학적 가치와 미적 형식을
논하기에 충분하지 않을 것이다. 다른 두 공간을 이어왔던 이
초우의 일관된 방식은 철학적 사유에 심리학적 사유가 더해져
더 복잡하게 여겨질 수 있지만, 난만한 그의 시세계는 많은 시
인들에게 시에 대한 치열성과 깊은 통찰력에 모범이 될 것이
다. 현재를 더욱 잘 살기 위해 "눅진하고 어두운, 외진 곳에서
서성이는" 무수한 '나'의 "그림자들"을 표나지 않게 "위무하는
일"(「시인의 말」)을 도맡아 하는 시인의 시편은 통증과도 같은

'구멍'도 포용하고 무수한 존재들과 기꺼이 '하나'가 되어간다.

　　참 나는 당신을 만나 편안해, 가끔 높은 산 올라 내 동공이
튀어나올 듯 커졌을 땐
　　금방 훅 날아가 당신을, 지팡이 소리 꼬리 달고 걷다가, 간
혹 연민의 눈으로 뒤돌아보는,

　　백화점 명품가게 통로, 나는 순간 외계인이 되어 힐끔힐끔
누가 날 알아볼까 두려워 잰걸음으로 빠져나오곤 했지
　　한 번 무릅쓰고
　　루이뷔통 점포 안에, 내가 가격을 물어본 순간 점원의 눈빛,
날 로봇 인간으로, 아니 금방 몸이 붕 떠
　　투명 유리 벽 속, 상어들이 헤엄쳐 지나가고
　　갈치들의 은빛이 휙휙. 나는 수족관 안을 걷고 있는
　　수습 조련사가 돼 있었지

　　왜 나는 누이 같은 재래시장 골목길을, 그 두려움의 가격 얼
마나 쳐줄까, 지구 반대편
　　남국의 7년, 이 기간만큼의 이면도로, 나는 아직도 익숙하
지 않은 이방인, 내가 선택한 도시의 여자,
　　영혼의 일부는 이면도로, 가끔
　　도시와 자연이 쟁그랑 까치 소리 낯설게, 심장 한쪽 옆 성능

약한 인공 부레를 장착 명품 수족관을 걷고 있는,

　나는 아직 조련사 자격증을 취득하지 못한, 왜 내 등 뒤엔 눈에 보이지 않는 누군가가 따라다닐까

　　　　　　　　　　　　　　　　　　—「이면도로」 전문

　보도와 차도가 분명히 구분되지 않는 소로小路를 뜻하는 '이면도로'는 이번 시집의 길라잡이 역할을 한다. 사람은 누구나 '이면도로' 같은 심리적 장소를 가지고 있다. 그곳은 유년의 추억이 담긴 곳이자, 사춘기의 혼란을 겪었던 곳이며, 쓸쓸함과 고독을 품은 '길'일 수도 있다. 두려움과 좌절을 위로받던 공간일 수도 있으며 삶에서 소외된 장소일 수도 있다. '이면도로'는 보도와 차도 어디에도 속하지 않는 장소다. 그곳에 선 '나'는 "이방인"이 되고 만다. 그 장소는 현재의 '나'에게 속하지 않는, 읽혀지지 않는 시간의 장소인 셈이다. 이초우 시인은 '이면도로'에 선 '나'들을 위로하는 여정을 준비한다. 그의 시에는 "참 말하기 싫은"(「발의 과거」) 육신의 "고질적으로 돌고 도는 통증"(「K 교수의 자화상」)과 "지독히도 긴 구직 한파"(「이 기적 사물들」), "어머니처럼 언제나 어린 날 손잡고"(「퀸」) 다니던 아버지의 애정과 어머니의 결핍과도 같은 삶의 고통이 담겨 있다. 대개의 시인들이 사물과의 끊임없는 의식의 연락 속에서 은폐된 존재의 낯섦을 포착해 상상적 질서를 펼쳐 보인다면, 이초우는 존재의 고통과 고독, 강박과 히스테리, 환상의

세계와도 같은 정신적 측면을 질료로 삼아 기억과 상상, 환상의 세계를 직조해 나간다. 그의 시는 삶과 문학이 하나로 엮인 결과물로서, 그는 아버지의 영향 하에서 유년기를 보냈던 시절에서부터 어머니를 그리던 어린 '나', "국지적 기습 폭우가 쏟아져" 내리는 연약한 육체의 현재까지 영혼 깊이 간직해 온 것을 모두 들추어낸다. 그것은 그의 시가 의식 밑바닥에 살아 숨 쉬는 존재에 관한 물음이면서 동시에 해답을 찾아가는 실존의 여로임을 증명하는 셈이다.

　무수한 '나'들과의 화해, 합일이야말로 존재가 할 수 있는 최종적 극치일 것이다. "시인이란 존재는 인간에 의해 병든 나무를 돌봐주고 다시 살리는 수의사여야 한다고 생각"(이성혁, 「에로티시즘의 신성과 '영혼의 길'의 탐색」, 『웜홀 여행법』, 천년의시작, 2014, 122쪽)했던 시인은 무수한 '나'와 '하나'가 되어 완전한 '나'를 통해 가장 높은 경지에 이른다. 시인에게는 "사유와 삶이 개별적 우주가 아니라 연통관(vasos comunicantes)"(옥타비오 파스, 『활과 리라』, 솔, 2001, 137쪽)이기에 그는 최종적 동일성에 이르려는 것이다. 한 곳을 파고드는 팽이처럼, 고통과 공포를 반복함으로써 완화에 이르는 '포르트-다'처럼, 눅진 곳에 선 '나'를 내면에 열린 공간으로 초대하는 시인은 '나'의 잔존하는 고통과 욕망, 부재를 성숙하게 마주하고 위무하며 큰 '나'에 이르고 있다. ▨

│ **이초우** │

경남 합천에서 태어나 부경대학교 해양생산시스템 공학과를 졸업
했다. 2004년 『현대시』로 등단했다. 시집으로 『1818년 9월의 헤
겔 선생』 『웜홀 여행법』이 있다. 현대시회 회장을 역임하였으며,
2023년 12월 5일 별세했다. 2024년 10월 유고시집 『프로이트의 팽
이』가 출간됐다.

현대시 기획선 111
프로이트의 팽이

초판 인쇄 · 2024년 10월 15일
초판 발행 · 2024년 10월 20일
지은이 · 이초우
펴낸이 · 이선희
펴낸곳 · 한국문연
서울 서대문구 증가로29길 12-27, 101호
출판등록 1988년 3월 3일 제3-188호
편집실 | 서울 서대문구 증가로31길 39, 202호
대표전화 302-2717 | 팩스 · 6442-6053
디지털 현대시 www.koreapoem.co.kr
이메일 koreapoem@hanmail.net

ⓒ 이초우 2024
ISBN 978-89-6104-367-0 03810

값 12,000원